Ceci n'est pas un roman d'amour

Axelle Moanda

Ceci n'est pas un roman d'amour

édiST▶RT

Collection « Un autre moi »

Ceci n'est pas un roman d'amour, Axelle Moanda.
Refrain, Mathilde Roux.
Vies parallèles, Gwendoline Rousseau.

Couverture et principe de maquette : Cécile Rouyer
Illustration (nœud marin) : vecteezy.com

ISBN 978-2-900860-02-1
© Edistart, 2018
10 bis, boulevard Ledru-Rollin 34000 Montpellier
Tous droits de traduction, de reproduction et d'adaptation réservés pour tous pays.

www.edistart.com

Les personnages et les situations de ce roman étant purement fictifs, toute ressemblance avec des personnes ou des situations existantes ou ayant existé ne saurait être que fortuite.

Gilles
29 ans, en couple depuis trois ans

J'ai rencontré Isabelle grâce à des amis communs.
Ma précédente relation sérieuse remontait à quelques années.
Elle avait duré six ans.

Six ans de pur bonheur. Un amour de lycée. De ceux qui survivent au bac, qui donnent l'impression d'être éternels.
J'étais heureux avec elle, je pensais que c'était la bonne. On était même fiancés.

Je n'avais connu personne à part elle et je ne voulais qu'elle.
Quand j'ai annoncé nos fiançailles, mes amis m'ont dit que c'était trop tôt, que le temps où l'on se mariait avec son amour de lycée était dépassé, que je devais avoir connu d'autres femmes pour être sûr de mon choix. Je les ai envoyé balader.

Et puis, un soir, à un anniv', une fille m'a abordé et, je ne me souviens plus ni pourquoi ni comment, j'ai couché avec elle.

Le matin, en me réveillant à ses côtés, je me suis senti tellement bête. Je ne savais pas ce qui m'avait poussé à agir de façon aussi stupide.
Je ne voyais qu'une chose à faire : tout avouer à Priscilla et espérer qu'elle me pardonne.

J'aurais mieux fait de tout garder pour moi.
Il y a eu rupture, pleurs, excuses.
J'ai passé les années qui ont suivi quasi seul et, un jour, la joie de vivre est revenue.

Elle s'appelait Aurore. Au début, tout se passait pour le mieux. Elle était drôle, gentille, adorait cuisiner… et puis, au bout de trois mois, ça a commencé à déraper. Aurore était drôle mais pas autant que Priscilla, elle était douée en cuisine mais ses quiches n'étaient pas les meilleures que j'aie mangées, elle ne me connaissait pas assez, elle ne me comprenait pas. J'ai rompu.

Ensuite, il y a eu Gladys : quatre mois de bonheur avant que je prenne conscience qu'elle était moins ouverte d'esprit que Priscilla, qu'elle ne m'embrassait pas comme elle, que je n'étais pas heureux.

Je ne voyais qu'une chose à faire : reconquérir Priscilla. Je l'ai retrouvée, j'ai repris contact, je me suis confondu en excuses, je l'ai suppliée de me reprendre. J'ai même été jusqu'à appeler ses amies en expliquant que je n'arrivais pas à vivre sans elle. J'espérais qu'elles arriveraient à la convaincre. Je ne suis même pas sûr qu'elles aient essayé. Moi qui pensais que ces c***es m'appréciaient… Belle erreur !

J'ai déménagé et je suis resté seul jusqu'à ce que je rencontre Laura.
Le temps passait, tranquille. Pas de comparaison avec l'amour de ma vie.
J'avais tourné la page. Nous avions des projets d'avenir : on était en train de chercher un appart. Tout se mettait en place.

Un soir, on se promenait à deux pas de chez nous lorsque je l'ai vue.
Elle était en terrasse avec des amies.
Les chances que nous nous rencontrions étaient infimes. Non, mais vous vous rendez compte ! Nous étions dans une autre

ville dont je ne lui avais jamais parlé et où elle n'avait jamais mis les pieds. Ce ne pouvait être qu'un signe du destin !
J'ai eu l'impression que le temps venait de s'arrêter. Elle était encore plus belle que dans mon souvenir.
J'ai oublié Laura, oublié les six mois que nous venions de passer ensemble. Je voulais reconquérir Priscilla.

Je n'ai même pas eu à quitter Laura.
Elle a vu la façon dont je regardais mon ex.
Elle a compris.
J'avoue que je ne l'ai même pas vue partir.

Après ça, j'ai retenté ma chance.
Elle a encore dit non.

Je ne comprenais pas pourquoi le destin l'avait mise sur ma route si c'était pour que tout se termine comme ça.
Je déprimais, je me terrais dans mon studio. Mon meilleur ami était si inquiet qu'il s'est imposé tout un week-end. Devant l'étendue des dégâts – appartement sens dessus dessous, frigo vide, poubelle qui déborde –, il m'a forcé à sortir. Son excuse : il avait rencontré une certaine Mathilde dans le train, elle voulait bien le revoir mais à condition qu'il vienne avec un ami. Je n'avais envie de voir personne qui ne soit Priscilla.
Elle m'obsédait.

Thierry m'a tellement supplié que je n'ai pas pu refuser.
C'est comme ça que j'ai rencontré Isabelle. Je ne sais toujours pas pourquoi elle s'est intéressée à moi. Elle est arrivée avec Mathilde, toute pimpante et souriante. Moi, j'étais là sans être là. Je ne pense pas avoir décroché plus de trois mots de la soirée. Ça ne l'a pas arrêtée.

Elle a réussi à me séduire, à ouvrir une porte qui était fermée.
Cela fait maintenant trois ans que ça dure.
Je n'aurais jamais cru pouvoir y arriver.

La première année, je l'ai beaucoup comparée à Priscilla.
Je n'aimais pas sa façon de s'habiller, de se maquiller, de parler…
La deuxième, j'ai réalisé qu'elle avait beaucoup changé et que, sur certains points, elle ressemblait presque à Priscilla. Je pense y avoir été pour beaucoup, même si elle a initié le mouvement.
La troisième année… je me suis dit qu'une copie plus que conforme valait mieux que rien du tout.

Je plaisante, voyons !
Je l'aime, Isabelle.

Est-ce que je la quitterais si jamais Priscilla revenait ?
D'après vous ?

Isabelle
28 ans, en couple avec Gilles

Je n'ai jamais eu de chance en amour.

Je tombe amoureuse d'hommes qui ne m'aiment pas, qui me quittent sans raison ou qui me traitent mal.

Enfin, ça, c'était avant mon Gilles.
On s'est rencontrés il y a trois ans.

J'étais allée à cette soirée pour accompagner mon amie Mathilde. Il m'a tout de suite plu. Il était assis dans son coin. Ne parlait pas. Le visage fermé. Sourcils froncés. Pas un sourire. Pendant qu'il était aux toilettes, Thierry nous a rapidement parlé de son histoire avec Priscilla. Du mal qu'il avait à s'en remettre.

Pourquoi j'ai voulu tenter ma chance ? Je ne sais pas.
Il m'a émue.
Son attitude prouvait que, lorsqu'il tombait amoureux, il ne le faisait pas à moitié. Il fallait juste qu'il tombe amoureux de moi…

J'allais devoir me battre contre un souvenir. Cela dit, on a tous notre passé et je pensais pouvoir l'aider à passer à autre chose.

Ça a plutôt bien marché !
Trois ans que ça dure. Je suis la fille la plus heureuse du monde.

Au début, ça a été difficile.
Gilles n'arrêtait pas de me critiquer. Il n'aimait pas ma coupe de cheveux, mes tenues, mes parfums, mon maquillage… et j'en passe.

Grâce au ciel, j'ai rapidement pu changer ce qui n'allait pas. J'ai refait ma garde-robe, acheté un nouveau parfum, pris des cours de maquillage et fait un tour chez le coiffeur.
Et là, les compliments ont commencé à pleuvoir.

Je me rappellerai toujours son air béat lorsque je suis arrivée dans ce « nouveau moi ».
Nous avons passé une nuit si intense que je n'ai rien regretté de mes décisions !

Par contre, notre entourage a eu du mal à gérer ces changements. Ils n'ont pas compris… Pourtant, je n'ai rien fait d'extraordinaire…
Je me suis juste teint en rousse, j'ai coupé mes cheveux très court et je me suis percé le nez.
Rien de bien folichon en soi.

Je pense qu'ils sont choqués parce que soi-disant je ressemblerais à la fameuse Priscilla comme ça. Je ne vois pas trop où est le souci. Mes ex se ressemblent un peu. On a tous des « types » qui nous attirent plus que d'autres. Pour Gilles, ce sont les rousses, point barre.

Je vous jure, maintenant, il prend même plaisir à me suivre lors de mes sorties shopping et je peux vous dire qu'il a du goût.

Il me montre ce qui pourrait m'aller, j'essaie. Quand ça lui plaît, alors quand ça lui plaît *vraiment*, c'est limite s'il ne me saute pas dessus dans la cabine. J'aime qu'il me désire autant. C'est si flatteur. Ça me change de ce que j'ai connu avant.
Mais vous savez, il ne m'aide pas simplement avec les vêtements, il a aussi corrigé certains de mes tics de langage, il m'aide à me cultiver, à devenir une vraie dame.
Notre amour se renforce avec le temps… Je crois qu'il a totalement oublié son ex grâce à moi.
Envolée la Priscilla, bienvenue Isabelle !

Gilles m'aime parce qu'il se rend compte que je suis prête à tout pour lui faire plaisir et parce que je l'aime, c'est aussi simple que ça.

Enfin, bref, je vais me faire faire une réduction mammaire, bientôt.

J'avais souvent mal au dos, Gilles pense que c'est à cause de ça. Comme, en plus, il aime les petits seins, je vais faire d'une pierre deux coups.

Il est adorable de s'inquiéter pour moi comme ça.
La chance a fini par tourner.
J'ai trouvé le bon : un homme qui m'aime comme je suis.

Gabriel
22 ans, célibataire

La vie peut basculer vite, très vite, trop vite.

C'est c'que j'ai direct pensé lorsque j'ai su que ma mère était atteinte d'un cancer du sein. Le plus courant chez la femme, je crois.

J'arrivais pas à réaliser, ni à savoir si c'était grave. On connaît tous des gens qui sont atteints du cancer ou l'ont été. Le mot « chimio », on en a entendu parler, avec ses conséquences : perte de cheveux, nausées, etc. Après, on ne sait pas vraiment quelle réalité se cache derrière la maladie, hormis ce qu'on voit dans les films. C'est pour ça que j'ai fait des recherches. J'ai cru comprendre que le cancer de ma mère avait été dépisté à temps, que le traitement allait être curatif, donc qu'il y aurait chirurgie et chimio.

Ma mère m'a expliqué ensuite que, la chimio, c'était juste pour éviter les rechutes.

J'oublierai jamais le jour où je l'ai appris. À l'époque, je vivais sur le campus à trois cents bornes de la maison. C'était le week-end. J'étais rentré faire quelques lessives, récupérer un peu de bouffe et des affaires, comme d'hab.

En arrivant, j'ai vu mes parents posés dans le salon avec mon frangin. Ils avaient l'air super sérieux.

Le choc.

Depuis leur divorce, c'est rare qu'on se retrouve tous ensemble. J'ai direct su que quelque chose n'allait pas.

C'est là qu'ils m'ont tout balancé.
Ma mère a tout fait pour nous rassurer, elle nous a dit de ne pas nous inquiéter, que sa sœur serait là pour elle, que nous devions continuer nos vies. Je pense que, tout son baratin, c'était surtout pour moi en fait.

Comment elle voulait que j'y arrive, sérieux ?
J'ai direct plaqué la fac, je suis rentré à la maison et j'ai trouvé un job. Dis comme ça, ça a l'air facile. Ça a été tout sauf ça. L'annoncer à ma copine, ça a été chaud. Un des trucs les plus difficiles que j'ai eu à faire de toute ma vie. On se connaissait depuis presque trois ans. Ma mère le savait pas mais on vivait presque ensemble. J'ai mis nos projets à la poubelle. J'pouvais pas dire ça à Maman. Déjà que lorsque je suis rentré avec toutes mes affaires, elle a crisé mais bien. T'imagines si j'lui avais dit que j'avais quitté ma meuf ? J'pouvais pas. J'pouvais pas en parler en plus. C'était pas ma première relation… mais j'le sentais bien… Enfin bref.
Je disais donc que ça a été chaud.
J'ai eu droit à : « Pourquoi t'as laissé tomber tes études ? Tu fous ton avenir en l'air ! Je vais bien, c'est pas à toi de t'occuper de moi ! » et bla, bla, bla.

Si j'étais pas revenu, qui l'aurait fait ? Martin vivait avec sa copine, elle était enceinte, ils avaient une vie, quoi. On pouvait pas lui demander ça. Ce n'était plus le job de mon père. La question se posait même pas. C'est ma mère.

Au début, c'était tendu… Elle était grave énervée et me faisait la misère. Lorsque j'ai trouvé un boulot, elle s'est détendue, on pouvait parler sans que ça clashe. J'avais l'impression qu'elle était contente que je sois là, au final.

La veille de l'opération, j'étais couché, je dormais pas à cause du stress. Tu sais, on habite une vieille maison avec du parquet. Je l'ai entendue qui faisait les cent pas dans le salon.

J'ai hésité, je savais pas trop quoi faire. Je suis pas du genre à parler, donner des conseils, tout ça. En plus, j'avais pas envie de lui sortir des phrases réconfortantes à deux balles. Du coup, j'me suis pointé avec deux tasses de thé. J'ai allumé la télé. J'ai mis un de ses films préférés et j'me suis assis.
Elle m'a rejoint sur le canapé.
Personne n'a rien dit. Je sais pas après combien de temps on s'est endormis.

Après cette nuit-là, elle m'a plus jamais reproché ma décision, j'ai eu la paix. Elle me posait des questions, cherchait à savoir si je me plaisais au boulot, ce que je faisais, si j'avais repris contact avec les potes qui étaient dans le coin.

On en est pas arrivés là de suite. Y a eu une sale période où elle était vraiment pas bien. C'était dur pour nous deux. Elle supportait pas de plus pouvoir faire les trucs dont elle s'occupait avant, genre la vaisselle, la cuisine, les courses. Elle s'énervait, pleurait aussi parfois. La voir comme ça… C'était… chaud.

Y a eu la chimio aussi. On buvait du thé quand elle pouvait, on jouait à des jeux de société, on regardait des films, on faisait aussi des balades quand elle en avait la force.

J'parlais jamais de son état. Pas parce que j'avais peur mais, tu vois, tous les jours, on l'appelait pour lui demander comment elle allait, et tout. On était englués dans la maladie.

Alors, j'lui changeais les idées avec mes pauvres moyens. Je répondais à ses questions sur mon taf, j'lui racontais des anecdotes, on se marrait.

Le rire, c'est important.
Il paraît que, pour vaincre le cancer, faut un moral en béton.

L'hôpital s'occupe de sa santé, moi du reste.

Ce n'est pas facile tous les jours.
J'ai dû quitter mes potes, ma copine, et j'peux t'assurer qu'elle me manque. On aurait pu tenter une histoire à distance en attendant que je revienne... Le truc, c'est que je n'sais pas si j'vais revenir. Et si, j'dis bien si, ça arrive, ce sera quand ? J'peux pas lui demander de m'attendre. J'ai pas envie qu'elle voit ma mère comme ça. Elle est encore faible. J'peux pas lui demander de venir et j'peux pas partir. C'était la seule décision à prendre. Je crois.

Quand je suis pas au taf, je suis à la maison. Je sors rarement. Elle me pousse à bouger mais j'ai pas envie. Je la trouve trop fragile encore. Je rentre et elle est dans le canap', enroulée dans une couverture, alors qu'on crève de chaud. Je la regarde. J'la vois comme j'aurais jamais pensé la voir. Elle bouge un peu, elle gémit, genre elle a mal. Et ça me tue. Je pars courir pendant des heures, à m'épuiser. Histoire de me vider la tête. D'oublier que j'peux rien y faire.

Je veux profiter d'elle le plus possible. Passer du temps avec elle. J'lui rends un peu de tout ce qu'elle a fait pour nous quand on était petits, mon frère et moi.

C'est dommage d'être obligé de vivre ça pour réaliser que la vie ne tient qu'à un fil. Je savais… Je sais que mes parents sont mortels mais là… j'te jure, j'me l'suis pris en pleine poire.

Et on peut rien faire. Juste profiter. Passer du temps avec eux. Se créer des souvenirs. Et espérer. Espérer que… grâce à ça… on aura pas trop mal. Bref…

Martin
28 ans, en couple, une fille de deux mois

Quand Maman m'a annoncé qu'elle était malade, j'ai eu un sacré choc. J'ai essayé de faire bonne figure, d'encaisser le coup, comme on dit, pour elle et pour mon frangin. Je crois qu'elle s'inquiétait plus de sa réaction que de la mienne. C'est pour ça qu'on s'est retrouvés tous en famille pour le lui dire.

Gabriel a toujours été impulsif et cette fois encore, ça n'a pas manqué. Quand il m'a parlé de son projet de tout abandonner pour être aux côtés de Maman, j'ai essayé de le raisonner. La pauvre traversait déjà une mauvaise passe, elle n'avait pas besoin de nouvelles sources d'inquiétudes. Mais, comme je vous le disais, Gabriel, il n'en fait qu'à sa tête, donc il est rentré, ils se sont engueulés comme je l'avais prévu. Ça va mieux depuis, même si je sais que Maman s'inquiète toujours pour lui.

Il a un travail qui ne correspond pas du tout à ce qu'il aurait voulu faire, il n'a pas de vie, il est à la maison à prendre soin d'elle, à la surveiller.

J'avoue que je suis content de la savoir avec lui, c'est toujours mieux qu'une infirmière ou une garde-malade. On a beau dire, on ne peut pas se fier à une inconnue.

À la réflexion, c'est un mal pour un bien qu'il ait tout arrêté. J'aurais pas pu le faire, moi. Ma compagne a accouché récemment et quand on a su pour Maman, elle était en fin de grossesse. Je ne pouvais pas retourner à la maison, ni lui dire de venir chez moi, c'était un peu compliqué.

J'avais commencé à me renseigner sur les infirmières à domicile quand le frangin m'a parlé de son projet. J'ai essayé de le raisonner parce que, pour moi, il allait faire une belle connerie et pa...

Pourquoi ?
Attendez ! Maman a un des cancers avec le plus de chances de guérison, elle est en bonne santé, relativement jeune, elle a toutes les chances de son côté et, lui, il plaque tout comme si elle allait mourir ! Alors qu'elle lui avait fait jurer de ne pas le faire.
C'est totalement irréfléchi, non ?

C'est sûr que c'est une bonne chose qu'il soit avec elle et tout, la question que je me pose, c'est ce qui va se passer quand elle ira mieux.
Il va se retrouver dans cette maison, il aura peut-être pas la motivation pour reprendre ses études, il aura perdu du temps, il restera comme un con, pardonnez-moi l'expression, pas pour rien, non, mais quand même ! Vous ne trouvez pas ça exagéré comme réaction ? Il pourrait même commencer à lui en vouloir alors que, la pauvre, elle n'a rien demandé !

Je comprends parfaitement pourquoi il l'a fait. Il avait peur qu'elle s'en aille ou qu'elle soit seule, il ne faut pas se fier à ce qu'on voit dans les films. Plein de gens se remettent du cancer super bien. Les médocs ont évolué, la médecine aussi. Il faut leur faire confiance.

Apprendre qu'un membre de sa famille, sa mère qui plus est, est malade, c'est super dur, on a peur, on est perdu. Il faut rester fort pour la famille, garder le cap, continuer à mener sa barque, gérer sa vie. Leur montrer qu'on tient le coup et, pour ça, il faut aller au boulot, s'occuper des petites choses du quotidien, être là quand ils en ont besoin.

Gabriel ne me dit rien, mais je sens bien que, même s'il comprend que j'ai une vie de famille, il m'en veut de ne pas être là dès que je peux, de ne pas amener la petite, de rester chez moi dans ma petite maison, de le laisser seul contre ça.

On ne gère pas tous de la même façon quand le malheur frappe. J'aime ma mère. Je l'aime de toutes mes forces. Mais la voir comme ça. Tellement faible… C'est… voilà…

Du coup, je passe quand j'ai le temps, quand j'ai la force. Je reste positif, elle est forte, elle va s'en sortir. Les médecins ont dit qu'ils avaient tout retiré, qu'elle réagit bien à la chimio. C'est normal qu'elle ne se sente pas bien, c'est juste un mauvais moment à passer, ensuite, elle va péter le feu, on va la retrouver comme avant. On recommencera à faire des promenades, à courir, on passera plein de moments en famille.

On a tout le temps pour ça.

Mathieu
32 ans, en couple, un fils

J'aime ma copine. Avant d'aller plus loin, je tenais à ce que ce soit clair. Je l'aime. Je l'aime plus que tout au monde, c'est juste que je n'arrive pas à lui être fidèle.

Ça ne veut pas dire que je couche avec n'importe qui, hein, je ne drague pas non plus toutes les femmes que je rencontre. Je l'ai trompée juste une fois. Le problème, c'est que ça dure depuis cinq ans.

Cette fille, je l'ai rencontrée sur Facebook. J'ai posté un commentaire sur la publication d'un ami. Une amie d'ami, comme ils disent, a répondu, les messages se sont enchaînés, on est passés par message privé pour ne plus déranger et voilà.

À l'époque, je ne sortais pas avec ma copine actuelle, j'étais encore en couple avec la mère de mon fils. On traversait des moments difficiles, comme dans tous les couples vous me direz, je ne vais pas la critiquer. C'était dur pour elle comme pour moi, enfin, surtout pour moi… Juste pour expliquer un peu les choses, j'ai eu des soucis de santé et je me suis retrouvé coincé à la maison à m'occuper du ménage et de la bouffe pendant qu'elle partait travailler. Elle ramenait le bifteck, je le faisais cuire. Pas que le travail des femmes me dérange, au contraire, mais quand on se retrouve à demander à sa femme cinq euros pour acheter des clopes, on se sent comme une merde. On a honte. Ça m'empêchait de dormir. Résultat, je me couchais tard, je me levais tard et quand je ne faisais pas la popote, j'étais sur le Net à passer le temps en attendant son retour.

Elle m'a donné de l'espace, m'a laissé faire ce que je voulais. Je ne sais pas pourquoi elle a agi comme ça... peut-être qu'elle se disait que j'avais déjà tous ses trucs à gérer, qu'il fallait me laisser tranquille. C'était sa manière de me soutenir, je crois. Ça m'a juste fait me sentir encore plus seul... Le passé c'est le passé, on est pas là pour parler d'elle.

C'est à cette époque que j'ai rencontré ma... ma maîtresse, c'est le mot. Enfin, si on peut appeler comme ça une femme que j'ai vue si peu souvent. Au début, c'était un simple flirt. C'est toujours plaisant d'avoir une personne qui veut apprendre à vous connaître, d'être dans le jeu de la séduction. Ensuite, on a échangé nos numéros, elle est entrée un peu plus dans ma vie. On est passés à des sessions webcam un peu coquines vu qu'elle habitait loin et que nous avions tous deux des envies. Après un certain temps, elle a souhaité me rencontrer en vrai. Je repoussais le moment, je n'étais pas sûr de vouloir franchir le pas... Le fait qu'on habite dans deux villes différentes me permettait de reculer l'échéance.

Je l'ai ghosté plusieurs fois. Arrêté de lui donner des nouvelles pendant un moment. Ça ne l'a pas empêchée de continuer à m'écrire. Elle ne comprenait pas. Tout allait bien entre nous et, du jour au lendemain, je disparais sans rien dire. Je ne comprenais pas non plus ce que je faisais. J'avais une compagne qui était la mère de mon fils, avec qui j'étais bien, qui était là pour moi, patiente, aimante, mais cette fille... je ne sais pas pourquoi, elle me faisait un effet dingue.

On a fini par se voir. La première fois d'une petite série. J'avais décidé de ne plus me prendre la tête. On a été dîner et, une chose en entraînant une autre, on a fini à l'hôtel.

C'est compliqué, ça l'est toujours d'ailleurs. J'avais ma copine et, elle, elle habitait loin. On y est arrivés quelques fois. Peut-être cinq en trois ans. Ce n'est pas grand-chose mais c'est déjà trop. Elle était patiente, du coup j'en profitais. Je ne sais pas trop pourquoi je restais accroché à elle.

On aurait pu continuer comme ça pendant longtemps mais vous connaissez le proverbe : tout finit par se savoir. Ça n'a pas manqué.
Lorsque mon ex l'a su, on a parlé rupture. Je ne savais plus où j'en étais et avec qui je voulais être. Flora m'a simplifié la tâche en s'en allant.

Quelque temps plus tard, j'ai rencontré Adèle. Je n'ai plus donné de nouvelles à ma maîtresse, comme souvent. Je savais qu'elle m'attendrait parce qu'elle m'aimait.

Ce n'est pas de l'arrogance. Je le sais parce qu'elle n'arrêtait pas de faire des allusions, des sous-entendus… Comment ? En m'envoyant des chansons qui lui « faisaient penser à moi », des chansons d'amour bien sûr. Je faisais celui qui ne saisissait pas. Pourquoi une femme de son âge, jolie, sexy, intelligente, reste célibataire pendant des années, si ce n'est pas par amour ?

Puis, je revenais, elle râlait, je m'excusais et tout recommençait. Elle a tout arrêté plusieurs fois. Je respectais sa décision pendant quelque temps, je lui envoyais un texto, on discutait, elle posait de nouvelles conditions, parlait de choses à changer mais rien ne changeait jamais. Pourtant elle ne partait pas.

Pourquoi je ne suis pas sorti avec elle quand mon ex m'a quitté ?

C'est une bonne question… elle était jeune… loin… ne travaillait pas. Je voulais une structure familiale stable pour mon fils. Il était encore petit. Quitter sa mère, c'était une chose, lui faire vivre une vie de bohème en était une autre.

Et puis comme je vous disais, il y a eu Adèle. Je l'ai rencontrée peu de temps après ma rupture. Avec elle tout s'est vite enchaîné : l'emménagement, la vie de famille recomposée, le bonheur.

Tout allait bien, mais je ne pouvais m'empêcher de penser à… Paola.
Son corps, nos échanges, notre intimité, toutes ces choses qu'on faisait me manquaient. Alors je l'ai recontactée. Nous nous sommes remis ensemble.

Je n'arrive pas à m'expliquer ce besoin. C'est juste plus fort que moi. Il faut qu'elle soit là, quelque part dans ma vie.

J'ai eu de la chance dans mon malheur. Malgré mon aventure, tout se passe bien avec mon ex. Elle ne m'empêche pas de voir mon fils. Il s'entend bien avec Adèle, j'en suis heureux même si ce n'est pas ce dont je rêvais pour lui. J'aurais préféré éviter les deux maisons, les deux chambres, les vacances avec l'un ou l'autre des parents mais le mal est fait.
Je ne peux pas revenir en arrière. Je n'aime plus mon ex. J'ai refait ma vie. Elle aussi. Je suis heureux, je crois.

Je ne sais pas. J'ai tout… un appart, une femme, un fils, un boulot qui m'éclate. Je ne sais pas pourquoi, j'ai besoin de Paola dans un coin de ma vie. On peut rester des mois sans coucher ensemble, vous savez ? Ce n'est pas une simple histoire de cul même si j'aime coucher avec elle. Je crois que le simple fait de savoir que je peux si je veux… qu'elle est là, qu'elle m'attend, ça… ça me fait du bien.

Je suis égoïste, n'est-ce pas ?
En même temps, je ne l'oblige pas à rester, hein. Elle peut partir quand elle veut.

Ce que je ferais si ça arrivait… ?
J'essaierais de respecter sa décision. Je n'y arriverais sûrement pas. Je l'appellerais… et on verrait.

Ça fait déjà cinq ans que ça dure, on pourrait continuer encore quelque temps, je pense. Paola, c'est une fille réfléchie, posée. Elle sait bien que je ne peux rien lui offrir de plus, donc c'est que d'une certaine façon la situation lui convient.

Je suis peut-être une vraie ordure, un parfait connard, je ne le nie pas.

Est-ce que je l'aime ?
C'est une question difficile. Je tiens à elle. Je la désire. J'aime faire l'amour avec elle. Peut-être que je l'aime et que je veux pas me l'avouer. Si c'était le cas, à quoi servirait d'aller chercher plus loin ? Je ne peux pas faire ça à mon fils. On est heureux. Ma vie est stable, je n'ai pas envie de revivre un déménagement, une séparation et tout ce qui va avec.
Paola est une fille géniale, on s'entend super bien au pieu mais qui dit que ce sera pareil dans la vie ? Si je quitte tout pour elle et qu'elle me plaque ? Je fais quoi ? Je me retrouve seul ? Sans personne ?

Oui, j'ai conscience de son amour, sinon, je vous l'ai dit, je ne vois pas pourquoi elle reste ! Mais l'amour ne suffit pas toujours et parfois il passe.
C'est un pari trop risqué. Pour l'instant je gère la situation telle qu'elle est.
Paola.
Adèle.
Mon fils.
Je gère…

Je vais en profiter tant que ça dure. Si Paola me quitte, je m'en remettrai. Par contre, je ne supporterais pas de voir Adèle s'en aller. Lorsque je dis que je l'aime, je ne mens pas. En peu de temps, elle a pris une place tellement importante dans ma vie. Elle me comprend, me surprend. C'est pourquoi j'en viens parfois à espérer que Paola s'en aille pour que j'essaie de me consacrer à ma vie avec Adèle. Elle ne mérite pas ça. Paola non plus d'ailleurs. Je dois faire un choix, je le sais. Le truc, c'est que je n'y arrive pas. Alors en attendant… je vis sans trop me poser de questions.

Adèle
35 ans, en couple avec Mathieu

Ma mère m'a toujours dit :
« Ma fille, les hommes sont fragiles. Un rien peut les déstabiliser. C'est à toi de les faire tenir, de leur faire croire qu'ils sont forts. »

J'avais 23 ans lorsque j'ai rencontré le père d'Émilie. Le courant est tout de suite passé. Je me sentais bien avec lui, je savais que c'était l'homme de ma vie, il semblait partager mon sentiment, alors j'ai tout fait pour que nous nous installions ensemble vite.

C'est moi qui ai tout pris en charge : le déménagement, l'installation dans le nouvel appartement, les petits travaux, je nous ai créé un petit nid douillet. On avait une chambre d'amis qui n'en avait que le nom car je la destinais à accueillir le bébé que nous allions bientôt avoir.

Là aussi, c'est moi qui ai pris les devants, je ne voyais pas pourquoi nous devions attendre si nous étions sûrs de notre amour. Du coup, moins d'un an après notre emménagement, j'étais enceinte.

Vous savez, j'étais si heureuse, si occupée par les projets que j'avais pour notre couple… Je ne voyais pas que je les portais toute seule et lorsque certaines amies évoquaient le manque d'enthousiasme de mon ex, je répondais qu'il était introverti, qu'il cachait ses sentiments, mais qu'il était heureux et partant à 100 %.

En fait, j'étais dans une voiture qui roulait à toute vitesse vers un mur invisible… Vous imaginez à quel point le choc a été brutal.

Émilie est née, Grégory était content mais, entre nous, ça n'allait plus. Il ne me touchait plus, ne me parlait plus, je n'existais plus. Il n'en avait que pour Émilie. Je ne comprenais pas ce qui nous arrivait, je pensais que c'était à cause de la petite, alors j'ai décidé de partir avec lui en amoureux. J'ai tout préparé, je voulais lui faire la surprise.

Quand il est rentré ce soir-là, qu'il a vu les valises, les billets, il a dit : « C'est fini. »
J'ai voulu comprendre, j'ai demandé des explications ! Il m'a juste dit : « Ça fait presque trois ans que tu contrôles ma vie, que tu penses savoir ce que je désire, ce que je veux, j'en ai marre. »

J'ai supplié, promis que j'allais me corriger, rien n'y a fait.
Il est parti.

Je me suis retrouvée seule avec mon enfant. Obligée de chercher un appartement, de tout reconstruire. Je n'étais pas vieille, cela n'empêche que je me sentais fatiguée, j'avais l'impression que la tâche était insurmontable, que je n'allais pas y arriver.

Il a fallu du temps pour que les choses se remettent en place, que je retrouve une certaine stabilité. Je me sentais seule. Pourtant je me voyais mal dire à mon ex de garder la petite pour que j'aille à des rendez-vous. J'ai eu finalement la chance de rencontrer Mathieu grâce à des amis.

Il était posé, papa, adorait son fils. Il fallait le voir en parler, c'était adorable. Quand on a commencé à se fréquenter, j'ai eu peur de m'attacher, de précipiter les choses, de refaire les mêmes erreurs qu'avec Grégory, de prendre trop les devants.

Il a su me rassurer, c'est lui qui a parlé de s'installer. On a fait les démarches ensemble, les visites, l'emménagement, tout. On parlait beaucoup, on se consultait sur tout. J'ai réalisé à quel point j'avais « porté » ma précédente relation, combien ça m'avait épuisée et à quel point c'était agréable de tout faire à deux.

Je l'ai présenté à ma famille, à mes amis, ils l'ont adoré. Les sentiments que je ressens pour lui ne sont pas aussi renversants que ce que j'éprouvais pour Grégory. C'est plus doux, plus sage, plus profond. Je le connais, beaucoup mieux qu'il ne le croit d'ailleurs.

Je vois à votre tête qu'il vous a parlé d'elle.
De l'autre.
Vous semblez surprise, il n'y a pas de raison.
Une femme sait tout, n'est-ce pas ?

Vous êtes sceptique ?
Vous ne devriez pas.
Comme dit le proverbe, « il n'est pire aveugle que celui qui ne veut pas voir ».
On sait toujours, homme, femme, les femmes surtout. On sait quand un homme nous trompe, son comportement change, ce sont des détails, des petits riens… Si vous savez regarder, si vous avez envie de regarder, devrais-je dire. Vous comprenez.

Et c'est là que le doute et la peur arrivent. J'ai fouillé, fouiné, j'ai récupéré son téléphone et j'ai trouvé les SMS et les photos.

J'ai eu mal. Il a fallu du temps pour que je supporte à nouveau ses caresses, ses baisers, ses cadeaux. Ça reste éprouvant, je serre les dents, je regarde nos petits, je pense à la vie que nous avons et je tiens le choc. Je ne dis rien.

J'aurais pu partir avec mon bébé ou foutre Mathieu dehors, le détester de détruire nos vies comme ça alors que tout va pour le mieux. On fait l'amour, je ne suis pas envahissante, je fais attention à moi, à lui, je m'occupe de la maison, je ne dirais pas que je suis la femme idéale mais, bordel, je n'en suis pas loin.

Finalement, j'ai été voir ma mère, je lui en ai parlé, je me sentais perdue, je ne savais pas quoi faire. C'est là qu'elle m'a reparlé des faiblesses des hommes.
Elle m'a dit que, celle de Mathieu, c'était le sexe, que je devais m'estimer heureuse qu'il n'ait qu'une maîtresse, qu'il n'ait pas eu d'enfants avec et que, le plus important, c'était qu'il rentre tous les soirs auprès de moi.

J'ai eu du mal à l'entendre, vous savez. J'ai parlé de ma peur de choper une maladie, de la honte, de la tristesse, du dégoût, de cette voix qui me disait tout le temps : « Qu'est-ce qu'elle a de plus ? Qu'est-ce qu'elle fait que je ne fais pas ? Pourquoi ? »

Ma mère a souri, a posé sa main sur la mienne, je la revois encore. Les mots qu'elle m'a dits à ce moment-là, je ne les oublierai jamais : « Ma fille, dis-toi qu'elle aussi se pose la même question, qu'elle aussi doute, qu'elle aussi espère que tu fasses un faux pas qui ferait pencher la balance en sa faveur. Tu vois tout ce que tu n'as pas. Dis-toi plutôt que Mathieu t'a choisie et qu'il te choisit encore. Chaque fois qu'il rentre chez vous, qu'il s'endort en te serrant dans ses bras, c'est sa manière à lui de te dire que tu es sa femme. »

Je suis rentrée chez moi.
Mathieu jouait avec les enfants, le dîner était en train de cuire, la maison était propre.

Il m'a souri, est venu me serrer dans ses bras et m'a dit que je lui avais manqué.

Dans l'appartement que nous partageons, où chaque meuble, chaque objet a été acheté par nous deux, nos enfants se chamaillaient en riant, mon homme me regardait avec tendresse.

Sur la table basse se trouvaient deux billets de train pour une escapade en amoureux que nous avions prévue pour le week-end.

La voix qui me titillait depuis des jours, depuis que je savais en fait, s'est brusquement tue.

Je me suis sentie en paix.
Je me suis laissée aller contre son torse, je l'ai embrassé.

« Tant qu'on rentre tous les soirs à la maison, ça ira. »

Il n'a pas tout compris.
Je m'en fichais. Ce soir-là, j'ai choisi moi aussi. Choisi de ne pas détruire le bonheur que j'avais eu tant de mal à construire.

Jérôme
6 ans, fils aîné

J'ai un p'tit frère. Il est mignon, il est petit et je ne peux pas encore m'amuser avec.

Mon p'tit frère, il s'appelle Benoît. Il pleure beaucoup. Maman dit que c'est normal parce qu'il est tout p'tit. Papa et Maman s'occupent beaucoup de lui. Il faut le surveiller parce qu'il est tout p'tit encore.

Lorsqu'il sera un peu plus grand, ce sera à moi de le protéger parce que je suis son grand frère et que, les frères, ils se protègent entre eux, c'est c'que Maman dit.

Le week-end, y a des gens à la maison. Ils viennent voir Benoît. Je comprends pas pourquoi. C'est un bébé. Il parle pas. Il fait rien de rigolo et il sait pas faire de super dessins comme moi.

Hier, on a fait de la peinture en classe. J'ai dessiné ma famille. D'habitude, Maman met mes dessins sur le frigo. Elle l'a pas encore fait. Il a encore pleuré, Benoît. Je sais pas pourquoi il pleure. Il devrait être content. Maman est toujours avec lui.

Quand j'viens le voir, il fait des sourires. Il a pas de dents. Ça fait bizarre. Ça fait comme le sourire de Mamie quand elle retire son dentier.

Hier soir, Maman est venue me voir. Ça faisait longtemps qu'elle était pas venue dans ma chambre avant l'heure d'aller au lit.

J'aime bien quand Maman vient me voir. On parle beaucoup.

Elle caressait mes cheveux pendant que je lisais même si je dis que j'aime pas ça… c'était cool.
Benoît a commencé à pleurer, du coup, Maman est partie.

Quand Maman a dit qu'elle attendait un bébé, tu t'rappelles comme j'étais content ? J'voulais un p'tit frère pour pouvoir jouer avec. Mais, en fait, c'est pas drôle. Ça pleure tout le temps. Ça sent pas bon. J'peux pas jouer à l'heure de sa sieste. J'dois pas faire de bruit. Ça m'embête.

Papa et Maman sont toujours fatigués.

Quand Papi et Mamie viennent, ils veulent pas jouer non plus. Ils préfèrent regarder l'autre, là.

Je comprends vraiment pas. Il dit rien, il parle pas. Pourquoi tout le monde préfère rester avec lui ?

J'ai voulu réciter un super poème à Mamie. Elle m'a fait un bisou et elle m'a dit : « Pas tout de suite, je vais voir Benoît. Après, si tu veux. »
Après, elle est partie.

J'ai été voir Benoît. J'voulais comprendre c'qu'ils lui trouvent.
Il a une drôle de tête. Pas beaucoup de cheveux. Des yeux comme les miens. Quand on le regarde, il bouge les bras et il bave beaucoup.
C'est beurk !, tu trouves pas ?

Tous les soirs, je prie pour qu'il grandisse.
Tous les matins, je cours dans sa chambre pour voir s'il est grand.

J'ai demandé à Maman quand je pourrais jouer avec lui.
Elle a ri.
Et elle a dit : « Pas tout de suite, c'est un bébé. »

J'ai dit : « C'est un bébé depuis longtemps déjà. Il va arrêter quand ? »

Elle a encore ri.
« Sois patient. Tu verras, ça arrivera plus vite que tu ne le crois. »

N'empêche, ce matin, il est encore bébé.
C'est long.

L'autre jour, mon cousin Lionel est passé. Pendant qu'on jouait, il a dit que Benoît était moche. J'lui ai donné une tape pour lui faire fermer sa bouche.

Personne peut dire que mon frère est moche. C'est mon frère !

Anaïs
32 ans, mère de deux enfants, Jérôme et Benoît

Installez-vous, Franck n'est pas là, il est allé récupérer Jérôme à l'école. Vous lui manquez, vous savez. Je crois que vous étiez sa baby-sitter préférée.

Donc, vous voulez que je vous parle du fait d'être maman, c'est ça ? C'est pour quoi exactement ? Un reportage ? Un mémoire ? Ah, d'accord.

Je ne sais pas trop par quoi commencer… Si vous me posiez des questions, ce serait plus facile…

Avoir des enfants n'était pas ma priorité dans la vie. Lorsque j'étais étudiante, je n'y pensais pas trop. Je me focalisais sur ma carrière, mon avenir, les sorties avec les copines. J'avais bien un copain mais je ne me sentais pas prête. C'était un peu *carpe diem*. Je suis partie étudier à l'étranger, notre couple n'y a pas survécu.

Ensuite, j'ai rencontré Franck. J'étais plus âgée, plus posée, on s'est installés, dans son entourage ça commençait à pouponner. Ça nous a titillés.
J'ai arrêté la pilule, comme ça, pour voir, et puis ça a été vite. Deux mois après, j'étais enceinte de Jérôme.

Certains trouvaient que c'était rapide. J'allais sur mes vingt-cinq ans et Franck et moi ne nous connaissions que depuis trois ans. Quelques-uns de nos amis nous ont dit que nous faisions une erreur, que ça n'allait pas marcher, que nous aurions dû attendre. On en voyait pas l'intérêt. On vivait ensemble depuis quelque temps déjà, tout allait bien, on gagnait correctement nos vies, et on le voulait.
Donc nous voilà partis dans la grossesse. J'apprends à gérer les hormones ou plutôt à les supporter, on prépare l'appartement, on fait des achats. Tout va pour le mieux.

Je n'ai pas eu une grossesse difficile, j'ai été assez active les deux premiers trimestres et, le dernier, je suis restée tranquille. De toute façon, le plus gros avait été fait dans la maison.

Jérôme est arrivé, notre vie a été bouleversée et pas qu'un peu, j'imagine que vous vous en doutez.

On doit apprendre à vivre au rythme de quelqu'un d'autre que soi tout en assurant le quotidien. Ça a été éprouvant, je l'avoue, mais nous avons surtout eu beaucoup de moments de bonheur.

Nous nous sommes habitués, une certaine routine s'est installée, je ne vais pas entrer dans les détails, vous connaissez un peu notre quotidien. Je suis tombée enceinte une nouvelle fois. Non, non, nous le voulions aussi. Jérôme était suffisamment grand et autonome, pour nous c'était le bon moment.

Comment dire... Je pensais que ça allait être une promenade de santé. Enfin, j'avais déjà vécu tout ça. Je sais, je sais, chaque grossesse est différente. Ça n'a pas été la grossesse, le problème. Enfin, tout ça, c'est délicat... Je n'en ai jamais parlé avant... Non, non, je sais bien que je ne suis pas obligée... mais c'est important quand même, enfin je crois.
Vous savez, il y a plein de choses dont on ne vous parle pas lorsque vous tombez enceinte. Je ne pense pas que les gens le fassent exprès, peut-être qu'ils en ont autant honte que moi ou qu'ils ne jugent pas utile d'en parler.
Donc Benoît est né. Nous en avions beaucoup discuté avec Jérôme, on l'avait associé à la naissance, aux préparatifs, on a essayé de le prévenir qu'on comptait sur lui, qu'il faudrait qu'il soit responsable, on ne peut cependant pas tout prévoir.

Je me suis donc retrouvée à gérer Benoît mais aussi Jérôme qui s'est mis à faire son intéressant. Il n'était pas turbulent, c'est juste que je sentais qu'il supportait mal la solitude.

En plus de ça, Benoît pleurait énormément, j'ai cru qu'il ne ferait jamais ses nuits. J'étais épuisée. Nerveusement, nous étions éprouvés. Mon mari me soutenait, ce n'était pas suffisant, je me sentais tellement plus fatiguée qu'après ma première grossesse. Je savais que six ans s'étaient écoulés depuis, mais cela ne pouvait pas tout expliquer.

Le problème, quand on est fatigué, c'est qu'on devient susceptible, maladroit et aussi moins patient. En tout cas, en ce qui me concerne, c'est comme ça.

Je me souviens de ce mercredi après-midi, Benoît pleurait depuis presque une heure, je n'en pouvais plus, je n'avais pas beaucoup dormi, j'étais au bout du rouleau, au bord des larmes. C'est là que Jérôme est venu me demander je ne sais quoi… J'ai honte de l'avouer mais je l'ai envoyé promener, littéralement.

Bien sûr, je m'en suis voulu, je me suis excusée mais rien ne vous prépare à gérer ce genre de réaction. J'avais honte, je culpabilisais, j'avais décidé d'avoir des enfants, je devais gérer, ce n'était pas à eux de supporter ma fatigue, c'était à moi, à nous, de mieux nous organiser afin de trouver du temps pour pouvoir nous reposer.

Malheureusement, ça s'est reproduit… Par exemple, un dimanche, j'étais avec Jérôme, je lui consacrais un peu de temps, on parlait de l'école, de ses copains, quand Benoît a commencé à pleurer. Je ne suis pas du genre à me précipiter dès qu'un de mes enfants chouine. J'ai donc attendu, en essayant tant bien que mal de rester concentrée sur ce que disait mon fils. Je n'y arrivais pas vraiment, je m'énervais, c'est là que j'ai commencé à imaginer des choses.

Je m'imaginais… euh… rouant Franck de coups de pied pour le faire se bouger. J'ai été choquée par la violence de ma pensée, mais en même temps…

Ça a recommencé dès que les enfants me fatiguaient... qu'ils faisaient du bruit... Non, je ne peux pas en parler...

Oui... parfois je ne maltraitais pas Franck, mais eux.
Je ne vous raconte pas ça de gaieté de cœur, vous savez. Personne dans mon entourage ne m'a dit : « Anaïs, tu verras, parfois, tu seras si épuisée que tu t'imagineras enfermer ton gamin dans un placard sous une tonne de couvertures pour ne plus l'entendre et ça te fera un bien fou ! »

Non, on ne vous prévient pas... Je me suis sentie si seule face à ces émotions. J'avais honte d'en parler à mon mari, je ne voulais pas qu'il me juge tout en mourant d'envie de partager cela avec lui. Je voulais qu'il me rassure, qu'il me dise que c'était normal, un simple moyen d'évacuer la pression, le stress, que c'était même « sain » comme réaction.
Que rêver de passer vos nerfs sur votre enfant vous permet d'éviter de leur démonter la tête. J'étais coincée entre cette petite voix qui me disait que je devrais avoir honte, que j'étais une mauvaise mère, et celle qui me réconfortait en disant que ce n'était pas grave, que les pensées n'avaient jamais tué personne. Je me sentais seule, honteuse et crevée.

Un soir lors d'un dîner en amoureux – les enfants étaient chez mes parents –, je me demandais si j'avais bien fait de les laisser. J'étais perdue dans mes pensées quand Franck a abordé le sujet comme ça, sans raison. J'ai enfin pu me confier, et lui aussi d'ailleurs ! On a parlé des fois où l'on crie après eux, où on les attrape d'une façon un peu trop brusque, où on se sent coincé parce que Jérôme nous poursuit jusqu'aux toilettes, de la perte d'intimité, en fait. Vous n'imaginerez jamais le bien que ça m'a fait. Je me suis sentie moins seule, moins « mauvaise ». Après, savoir que d'autres pensent comme nous ne nous aide pas à vivre cela plus facilement, mais on culpabilise moins. Avec du recul, devenir parent nous aide à mieux comprendre nos propres parents. On juge un peu moins, on se rend compte qu'ils ont fait du mieux qu'ils pouvaient, tout comme nous.

Et si ce que je viens de vous confier peut aider d'autres familles, j'en serais très heureuse.

David
43 ans, marié

Depuis notre rencontre, ma femme et moi avons toujours été fusionnels.

Certains pensent que c'est à cause de ça que nous n'avons pas eu d'enfant. Oui, peut-être.
Nous nous suffisions à nous-mêmes.
Du moins, je le croyais.

Les choses ont commencé à changer il y a deux ans environ.

Comment ?
C'est tellement trivial, digne d'un téléfilm.

Claire trouvait que notre vie sexuelle devenait monotone, ce qui pouvait se comprendre, cela faisait plus de douze ans que nous étions ensemble. Je ne partageais pas son sentiment. Nos ébats m'ont toujours satisfait. Le simple fait de la tenir dans mes bras, de la voir se pâmer de plaisir, me suffisait, mais j'ai suivi le mouvement pour la contenter.
Du coup, nous avons commencé à faire l'amour dans des endroits un peu incongrus ; au cinéma, dans la voiture, dans les parcs, dans les toilettes publiques.

C'était amusant, excitant. Cela a ajouté un peu de piquant, je l'avoue.

Et puis, elle a commencé à me montrer ces vidéos de personnes faisant l'amour devant un public, à lire des livres sur les clubs échangistes, sur les libertins. Heureusement, tout ça est arrivé avant la période *Cinquante Nuances de Grey*, sinon je n'ose imaginer ce qu'elle m'aurait proposé, mais je m'égare. Je regardais tout ça de loin, avec une terreur me vrillant les entrailles : je crois que mon transit n'a jamais été aussi rapide que durant ces quelques mois.

Un soir, le moment que je redoutais est arrivé.

On venait de faire l'amour, dans notre lit pour une fois, elle était allongée sur mon torse, qu'elle caressait distraitement.

Vous savez, parfois, on se sent vulnérable après l'amour. On vient de jouir, on est détendu, le plaisir a envahi notre cerveau, on ne pense à rien et c'est à ce moment précis que les femmes viennent nous poser une question fatidique. J'en suis arrivé à me dire qu'elles couchent avec nous rien que pour avoir accès à cet instant de fragilité.

Donc, ma belle, la femme de ma vie me dit d'une voix suave :

« Chéri, ça te dirait qu'on fasse l'amour en public ? »

Ce à quoi j'ai répondu qu'on l'avait déjà fait en public.

Malgré le plaisir éprouvé et les endorphines, je sentais le stress pointer le bout de son nez.

« Oui, c'est vrai. Mais je pensais plutôt à le faire dans un club échangiste. Enfin, un endroit où les gens partagent le même fantasme que nous : regarder et être regardés.
— Pas notre fantasme… TON fantasme », ai-je pensé très fort.

À ce moment de la discussion, tout le plaisir s'était envolé, je me suis contenté de m'attendre au pire, en essayant de reculer le moment qui risquait bientôt d'arriver.

« On ne connaît pas de club de ce genre, ma puce. Du peu qu'on m'en a dit, il faut être introduit par des initiés. Et puis, je n'ai pas confiance, on peut se retrouver dans un lieu sordide.
— Ok. Tu as raison… Si j'arrive à trouver l'endroit parfait, tu m'accompagneras ? »

Avais-je le choix ?

Oui, me direz-vous. Je l'avais et je l'ai toujours.
Le choix entre prendre sur moi pour la garder et risquer de la perdre en lui disant non.

Le choix était vite fait.
J'ai pris sur moi.

Très rapidement, elle m'a présenté des noms de clubs. Je faisais tout mon possible pour retarder le moment : j'organisais des soirées chez nous ou chez des amis, je la faisais sortir, je travaillais tard afin de me fatiguer. Au bout d'un moment, elle a commencé à avoir des doutes, insinuant que je faisais tout ça exprès. C'était de plus en plus tendu entre nous.

J'étais acculé.

C'est ainsi que nous nous sommes retrouvés un samedi soir dans un club dont je tairai le nom, en tenue de soirée. Un peu stupide quand on sait qu'on la portera peu de temps, mais qu'importe. Il faut dire les choses comme elles sont : l'endroit était propre, très classe, très bien organisé.

Pour ce premier soir, nous nous sommes contentés de regarder.

Je vous explique rapidement. Au départ, c'est comme n'importe quel club : le vigile décide si vous pouvez entrer, vous posez vos affaires au vestiaire et vous vous rendez au bar. Si c'est votre première fois, on vous fera visiter pour vous montrer l'étage réservé aux « activités ». Les pièces y sont toutes assez grandes pour accueillir plusieurs personnes et aménagées de façon à ce que vous puissiez voir, toucher même. Vous retournez au bar, où vous vous installez pour boire votre verre. C'est là qu'on fait les rencontres. Un couple, un homme seul ou une femme seule vous aborde, on parle de ses envies, c'est le premier pas.

Revenons à cette soirée. Pendant que nous commandions à boire, deux hommes entouraient une femme sur la piste de danse. Ils bougeaient très sensuellement, ils ont commencé à la déshabiller avant de l'amener à l'étage. Les gens ont suivi. Ils n'attendent que cela. Le moment, les personnes qui vont lancer la soirée.
J'ai bien vu que ma femme était excitée. Elle n'arrêtait pas de frétiller, de se frotter les cuisses l'une contre l'autre, de se mordiller les lèvres, de se caresser le cou. Impression confirmée lorsqu'elle m'a sauté dessus à peine entrés dans la voiture.

Bien sûr, elle a voulu savoir si la prochaine fois nous prendrions part aux « activités ».
J'ai acquiescé avec un grand sourire.

Depuis, nous allons au club une fois par semaine, ou tous les quinze jours selon nos disponibilités. On s'installe à l'étage et on fait le spectacle. Avant, je bois un peu pour oublier tous ces yeux braqués sur moi, pour rester concentré et excité.

Pour l'instant, elle ne m'a pas demandé d'aller aborder quelqu'un ou de la laisser coucher avec un ou une autre.
Jusqu'à quand ?

Je ne sais pas. Moi qui suis athée, je prie tous les dieux que cette idée ne lui effleure jamais l'esprit.

Alors, en attendant, je prends mon mal en patience…
J'attends et j'espère…
J'espère que ça lui passera et que je finirai par lui suffire comme elle me suffit.

Claire
40 ans, mariée avec David

Vous savez ce qu'il y a de pire dans un couple ?

La monotonie.

Ça vous tue des amoureux aussi sûrement qu'une fleur coupée se fanera.

J'ai eu pas mal de relations avant de rencontrer David.
Je n'avais pas voulu d'enfant avant lui, ni même maintenant, ce qui me convient.

Au début, ça allait. Passé la période de « dressage »…

Je vous choque ?

C'est vrai, ce n'est pas un chien… Si je vous dis qu'il a fallu que je lui apprenne la bonne façon de faire, ça va mieux ?

Pas la peine de réagir comme ça. Vous n'avez jamais entendu de femmes parler entre elles ? Vous en trouverez toujours une ou deux qui utilisera ce terme…
Elle fera référence à la période durant laquelle son homme aura appris à relever la cuvette des toilettes, à ne pas mettre ses pieds sur la table, à ramasser ses chaussettes sales, à fermer le tube de dentifrice, à passer l'aspirateur correctement et j'en passe.

Vous savez, quand on « récupère » un mec, on va toujours vouloir lui montrer notre façon de faire… Après, il arrive que ce soit le mec qui nous dresse, ou qu'on soit d'accord sur tout et que ça aille.

Prenons mon cas, par exemple.
Quand j'ai rencontré David, il écoutait du metal, avait les cheveux longs, un style rock, un peu du genre *biker*, tu vois ? Avec la veste en cuir et la moto, une vraie caricature.

Je ne trouvais pas ça classe, mais il était charmant, et ses manières ne cadraient pas avec son look, donc je lui ai laissé une chance et j'ai appris à le connaître.

Il m'a séduite et tu connais la suite.

Tout ne me plaisait pas chez lui, bien sûr. J'ai commencé par lui offrir des fringues par-ci par-là, je lui ai demandé de se couper les cheveux, de mettre des lentilles, tout ça en douceur.

Je ne lui ai jamais rien imposé. Je suggérais, libre à lui de dire oui, non ou merde.

C'était un gros fêtard, un mec impulsif, passionné… S'il avait envie, c'était limite là tout de suite maintenant et où qu'on soit. Là aussi, je l'ai aidé à se calmer et à réfléchir.

C'est comme ça qu'il est devenu ce qu'il est : un bel homme, classe, posé, avec un boulot bien payé, qui porte des chemises et des mocassins.

Les années ont passé et j'ai commencé à m'ennuyer.
Faire l'amour après le film de TF1 et le week-end, ça manquait de piment.

Je voulais de l'exotisme, de la spontanéité. On en a parlé et, du coup, on a décidé de se lancer dans la grande aventure du sexe partout sauf dans un lit. Ça a été drôle et si excitant ! Je pensais que ça me suffisait jusqu'au jour où…

J'étais en train de ranger les courses dans le coffre de la voiture lorsque j'ai eu l'impression qu'on me regardait.

Je me suis retournée. Y avait un motard pas loin. Cheveux longs attachés en queue-de-cheval, veste en cuir, santiags, adossé à une moto qui m'a fait penser à celle que David a vendue y a dix ans.

Il me bouffait du regard. Littéralement.
J'ai eu l'impression que si je faisais un geste, il viendrait, m'adosserait contre la voiture et me ferait prendre mon pied là, sur le parking.

Au lieu de m'agacer, ça m'a excitée.
Je vais pas trop t'expliquer ce que ça fait. Je voulais ce mec. Je le *voulais*.

Je me suis surprise à imaginer ce que ça ferait de coucher avec lui. Un fantasme en amenant un autre, j'ai imaginé le plaisir que je ressentirais à faire l'amour avec lui, devant David.

C'est comme ça que l'envie m'est venue.
Les premiers temps, je me suis contentée de faire des recherches sur l'échangisme. Je voulais savoir si ça m'excitait vraiment.

J'avais un peu peur aussi. Faire l'amour dans un train, c'est une chose. Dire à votre mari que vous voulez coucher avec un autre pendant qu'il regarde, c'en est une autre.

J'ai décidé de tâter le terrain. Je pense qu'il t'en a parlé…
Depuis, je suis heureuse.
J'ai l'impression qu'aller dans ce club nous a rapprochés.
Et, cerise sur le gâteau, j'ai encore plus envie de lui…

Tu sais, ces « soirées » sont si intenses.
Ces gens qui nous touchent, qui nous regardent, qui se caressent… C'est tellement… j'ai pas de mots.

J'aime particulièrement y aller lorsqu'il fait un peu froid.

Parce que ces soirs-là, il sort la veste en cuir… celle que je n'ai pas réussi à lui faire jeter… Heureusement !

Il est tellement sexy avec. Il faudrait qu'il se laisse pousser les cheveux, et la barbe, retrouver un look un peu sauvage, barbare. Ça lui allait si bien.

Bernadette
72 ans, veuve, trois enfants, quatre petits-enfants

Je m'appelle Bernadette, j'ai 72 ans, je suis veuve. Mon mari est décédé il y a cinq ans d'une crise cardiaque. L'aînée de mes petits-enfants, Laurence, venait d'avoir 20 ans.

C'est une enfant brillante, elle l'a toujours été. La fierté de ses parents, adorant apprendre, curieuse, vive. Ses professeurs lui prévoyaient un grand avenir.

Je la revois encore assise à la table du jardin à préparer sa dictée ou à lire tout ce qui lui passait sous la main. Je profitais aussi des moments que nous passions ensemble pour lui apprendre à cuisiner. On en a fait des gâteaux au yaourt !

J'aime tous mes petits-enfants mais j'avoue avoir pour Laurence une tendresse particulière. Peut-être parce que c'est l'aînée, peut-être aussi parce qu'à la mort de mon mari elle était déjà en âge de comprendre. Elle a été très présente pour moi, elle m'appelait régulièrement, passait me voir dès qu'elle en avait l'occasion. Elle entrait comme une tornade, elle m'exhortait à m'habiller avant de m'emmener prendre un café, afin de me changer les idées.

Nous nous sommes beaucoup rapprochées à cette époque. Elle me confiait ses secrets, on parlait de la vie, de la famille, on cuisinait. C'était plaisant, réconfortant.

Depuis, les choses ont bien changé et cela m'inquiète.
Vous savez, Laurence a fait de brillantes études de commerce.

Elle a eu son diplôme haut la main, a commencé à travailler, s'est installée, tout se passait fort bien. L'avenir qu'on lui prévoyait se concrétisait.

Toutefois, elle est arrivée un soir en disant qu'elle n'était pas faite pour cela et elle m'a annoncé un changement de carrière imminent.

Pour l'instant, son projet n'a pas l'air encore bien défini. Elle m'a parlé de création de bijoux, je crois. J'ai beau lui expliquer que c'est la crise, que la situation est difficile pour tout le monde, que d'autres tueraient pour avoir un CDI, elle n'en démord pas : elle veut changer de vie.

Les jeunes d'aujourd'hui refusent d'écouter leurs aînés, ils pensent tout savoir de la vie.
Moi, j'ai vécu, je connais le monde du travail et, surtout, je connais ma Laurence. Avec son caractère bien trempé, elle a dû se faire remarquer, et, de fait, la situation doit être difficile au travail sans qu'elle ose l'avouer. En outre, la création de bijoux, c'est vaste ! Tout le monde en fait de nos jours ! Elle qui travaille dans le commerce devrait savoir que si le produit n'est pas vendeur, l'entrepreneur court à sa perte.

Il suffirait qu'elle mette un peu d'eau dans son vin au travail, qu'elle reste à sa place ! Rien n'y fait. Mes conseils sont aussitôt mis de côté parce que « je ne comprends pas », que « je ne lui fais pas confiance ».

Pourquoi n'arrive-t-elle pas à prendre en compte mon expérience ? J'ai commencé à travailler jeune, et j'ai monté les échelons grâce à mes compétences, mon implication et mon respect de la hiérarchie. J'ai occupé des postes à responsabilités et j'ai eu affaire à toutes sortes de personnes. J'y ai gagné en maturité. J'en ai tiré des leçons qu'en tant que grand-mère je me dois de transmettre.

Je me sens si désemparée. Mon but n'est pas de la blesser... C'est parce que je l'aime que je m'inquiète. Les jeunes sont tellement impulsifs, rêveurs, idéalistes !

Je devrais lui faire confiance ?
Cela n'a rien à voir avec la confiance ! Je suis simplement réaliste. Maintenant, on abandonne dès que les choses deviennent difficiles. Les gens divorcent, démissionnent. Il faut savoir tenir le choc ou au moins attendre d'avoir trouvé autre chose. On ne part pas sur un coup de tête !

Je ne la comprends pas.
Ma fille m'a dit de laisser tomber, qu'à force de camper sur mes positions je risquais de la braquer et de la voir s'éloigner de moi. C'est un risque à prendre si ça peut la détourner de cette folie.

Comme si on pouvait vivre éternellement des Assédics... si elle y a droit !

Ce n'est pas une vie ! Elle est si têtue !
La dernière fois qu'elle est venue, je n'ai pas pu me retenir. J'ai mis les pieds dans le plat. Au préalable, je lui avais assuré que je ne m'énerverais pas. Nous avons donc discuté. Je lui ai demandé comment elle comptait vivre en attendant que son projet soit rentable. Là, elle m'a dit avec un sourire qu'elle savait pouvoir compter sur nous et notre soutien.

Je n'ai pas eu besoin de dire quoi que ce soit. Elle a dû voir à mon expression que c'était hors de question. Cela m'a fait de la peine de voir la déception et l'incompréhension foncer ses beaux yeux bleu sarcelle.

J'ai quand même pris le temps de lui expliquer qu'à son âge il fallait qu'elle se comporte en adulte, que si elle voulait ruiner sa vie, c'était son choix. Nous n'avions pas à l'assumer à sa place.

Elle est partie sans un mot. Depuis, elle ne m'a pas appelée. C'est très difficile à vivre.

Ma fille m'a prévenue que Laurence ne viendrait pas ce week-end. Je m'y attendais, vous savez. Malgré tout, cela m'a beaucoup attristée.

Pourquoi n'arrive-t-elle pas à comprendre que je fais tout ça pour son bien ?

Il n'y a rien de mal à avoir des rêves. Seulement, ils ne remplissent pas l'estomac. Ma fille et moi n'allons pas en rajeunissant. Mettons que nous soutenons ces chimères. Si la mort fait son œuvre trop tôt, qui s'occupera d'elle ? Oui, elle aura l'héritage. Il ne sera toutefois pas éternel.

J'avais des rêves étant jeune. Je les ai mis au placard car il fallait vivre. Je ne vois pas pourquoi j'encouragerais ma petite-fille dans une voie sans avenir.
Je veux la savoir en sécurité à un poste raisonnable dans une entreprise solide. Comme dit le proverbe, « on ne lâche pas la proie pour l'ombre ». À quoi bon prendre des risques ?

Elle n'est pas heureuse ?
Elle l'était il n'y a pas si longtemps ! C'est elle qui a voulu faire comme son père et se lancer dans le commerce. Je ne vois pas

pourquoi, d'un coup, ça ne l'intéresserait plus. Je vous l'ai dit, les enfants de maintenant sont versatiles, ils préfèrent le bonheur à la sécurité. Ils lâchent tout et s'en mordent les doigts.

Quelqu'un doit apprendre à Laurence ce qu'est la réalité.
La réalité, c'est qu'elle n'est pas plus douée qu'une autre et que la conjoncture n'est pas des meilleures, comment compte-t-elle sortir du lot ? Autant qu'elle continue de faire ce qu'elle connaît et maîtrise.
C'est pour son bien, vous savez. Je suis déjà presque à la fin de ma vie. Je veux partir en paix et, pour cela, je dois la savoir en sécurité.

Laurence
25 ans, célibataire, petite-fille de Bernadette

D'abord merci de m'avoir contactée…

Avant de répondre à vos questions, je voudrais savoir… Vous allez en faire quoi de mon témoignage ? Un livre ?

Donc, si ça marche, mon histoire vous fera gagner de l'argent… Avez-vous l'intention de nous en reverser un pourcentage ? Votre succès sera un peu de notre fait, n'est-ce pas ?

Je ne voulais pas vous mettre mal à l'aise… Je n'ai pas besoin d'argent, enfin, pour l'instant.

Plus sérieusement, je trouve votre idée intéressante.

C'est une façon de permettre à des gens qui ne se parlent plus, ou ne s'entendent plus, de savoir ce que l'autre pense, ressent, vit...

Je sais que ça peut empirer la situation. La vie est parfois un coup de poker.

Vous voyez, c'est une des choses que j'essaie de faire comprendre à ma grand-mère.

Elle a dû vous parler de nos soucis récents. De mon projet insensé, de mon entêtement, que je tiens d'elle, soit dit en passant. Non ?

Je m'en doutais.
J'imagine que c'est le moment où je dois vous confier ma vision des choses ? Alors, allons-y.

Comme elle a dû vous l'expliquer, j'ai pris la décision d'arrêter de travailler pour me lancer dans la création de bijoux.

Ça, c'est la version courte.
La version longue, c'est que cela fait trois ans que je vis à un rythme de fou à cause de ce travail. Je dois gérer la pression, les attentes, le management quasi inexistant, les demandes contradictoires et les objectifs ! Toujours faire du chiffre !

Lorsque je me suis lancée dans ce domaine, c'était avec une certaine vision de la vente. Or, je réalise maintenant que je ne pourrai exercer le métier de commercial tel que je le conçois qu'en montant ma propre structure.
J'ai donc commencé une étude de marché avec un ami, j'ai assisté à des réunions d'information à la chambre de commerce,

j'ai activé mon réseau avant de me lancer dans l'entreprise. J'ai aussi et surtout validé mon plan de financement.

Je vous avoue être particulièrement stressée. Changer de vie n'est pas facile. C'est l'inconnu total, je ne suis pas sûre que l'accueil qui sera réservé à mes produits sera celui auquel je m'attends.

En plus, alors que je pensais pouvoir compter sur le soutien de mes proches et notamment de Mamie…

Sa réaction m'a fait mal. J'avais à peine ouvert la bouche que, déjà, elle me rabrouait. Elle n'a rien écouté de ce que j'ai pu dire.

Je sais.
Je devrais lui parler. Lui expliquer que mon projet est réfléchi. Que je ne me lance pas à l'aventure en aveugle, que je fais les choses bien, que j'ai juste besoin de savoir qu'elle croit en moi.

Ce n'est pas possible ! Elle n'écoute pas ! Dès qu'on aborde le sujet, elle s'emballe, me somme de me ranger à son opinion et d'arrêter là mes bêtises. Ce n'est pas une discussion, c'est une mise en accusation et puis son manque de confiance m'a…
Si, c'est un manque de confiance… Peut-être pas en mes capacités mais en ma maturité. Elle croit que je veux me lancer sur un coup de tête. Elle devrait savoir que ce n'est pas mon genre ! Enfin.

Je disais donc que son attitude m'a refroidie. Je suis déçue, blessée. Cela m'a fait perdre toute envie de lui parler de mes rêves, de ce qui compte.

Je préfère garder ça pour des gens qui me comprennent et ont confiance en moi. J'ai besoin de cette énergie pour avancer.

Le pire dans tout ça, c'est que ma mère m'avait prévenue. J'ai voulu faire confiance à Mamie, croire en son amour pour moi, en son ouverture d'esprit. Je me suis fourvoyée.

Elle me manque… Vraiment beaucoup. J'aimerais pouvoir lui en parler, lui montrer mes modèles…
Tout vient d'elle en plus…

Je ne sais pas si elle vous a dit que, mes connaissances culinaires, je les lui dois, de même que mon amour de la littérature. C'est aussi grâce à elle que je me suis intéressée aux belles choses et notamment aux bijoux. Elle m'offrait des perles, du fil, des rubans pour confectionner des colliers et des boucles d'oreilles, c'était il y a si longtemps.
J'ai délaissé mon matériel un certain temps puis, après le décès de mon grand-père, on est beaucoup sorties.

Je l'emmenais prendre un café, faire les boutiques afin de lui changer les idées. C'est lors d'une de ces promenades, en voyant son regard s'illuminer devant une parure, que l'envie est revenue. L'envie de rendre les gens heureux avec des petites babioles, de leur redonner le sourire, voire même confiance en eux…

Cette parure, je la lui ai offerte pour son anniversaire. Si vous la voyiez lorsqu'elle la porte ! Le nez en l'air, fière ! On voit qu'elle a de l'allure et qu'elle en joue. J'adore la voir comme ça.

Je peux m'adresser à elle directement ?
Mamie.
J'espère ne pas avoir besoin que tu lises ces lignes pour qu'on puisse de nouveau se parler. J'ai besoin que tu me comprennes et que tu m'apportes ton soutien. Je ne rajouterai qu'une chose.
Je t'aime.

Agathe
31 ans, « en couple »

Je me rappellerai toujours comment j'ai rencontré S**, appelons-le Sam.

J'avais 25 ans. Pour fêter notre diplôme, mes amis et moi, nous sommes allés dans notre bar préféré. C'est là qu'il m'a abordée. Il m'a abordée dans un bar et, contrairement à mes habitudes, j'ai accepté qu'on me paie un verre.

Je ne sais pas pourquoi. Son sourire peut-être. Ou son parfum. Nous avons échangé nos numéros. Il m'a rappelée. On a commencé à se fréquenter. Plus j'apprenais à le connaître, plus il me plaisait. Il était drôle, taquin, sensuel, oh oui !, tellement sensuel. Cette façon qu'il avait de me regarder comme s'il allait me dévorer. Ça me rendait folle.

Sans entrer dans les détails, on pourrait dire que l'on s'entendait bien d'esprit comme de corps.

J'étais sur un nuage. Cela faisait longtemps que je n'avais pas été aussi amoureuse de quelqu'un en si peu de temps. Je me suis laissé embarquer, j'ai mis de côté ma défiance habituelle.

Je mettais ses silences sur le compte de son travail et de ses nombreuses activités.

Je n'ai même pas tilté lorsqu'il coupait nos sessions webcam sans raison, sous prétexte que son coloc avait tendance à se promener tout nu.

Avec le recul, j'étais bien naïve…
Il me fascinait. J'étais vraiment tombée sous son charme.

Un jour, mon téléphone a sonné. J'ai vu son nom s'afficher. J'étais tellement heureuse car, d'habitude, il n'appelait jamais le dimanche.

Lorsque j'ai décroché, j'ai tout de suite déchanté.

La conversation qui a suivi s'est déroulée comme dans un rêve. Mon homme était marié. Depuis dix ans et papa depuis trois, à ce qu'elle m'a dit.
Le choc.

Tout s'expliquait.
Tout prenait un sens.
Ses absences, ses silences, ses disparitions soudaines.

Quand vous vous retrouvez dans ce genre de situation, peu d'options s'offrent à vous.
Partir.
Rester.
Vous résigner.
Espérer.
Être en colère ou déprimer.
Abandonner ou vous battre.

J'ai d'abord été triste, puis en colère. J'ai fini par choisir de me battre. Pourquoi ?
Parce que s'il allait voir ailleurs, c'est qu'il n'était pas heureux. Il ne tenait qu'à moi de lui montrer que nous serions bien ensemble. Parce que je serais compréhensive, douce, patiente, sensuelle, passionnée, ouverte à tout.

On a bien sûr mis les choses à plat. Il m'a dit qu'il ne voulait pas me quitter, qu'avec elle c'était compliqué. Qu'il fallait lui donner le temps de s'organiser, de faire les choses bien pour sa fille. Je le comprenais. C'était pas facile de dire au revoir à dix ans de vie commune.

Il a fallu s'organiser. Je le bipais et, quand il pouvait, il me rappelait. Je le rejoignais pendant ses séminaires et on passait le week-end ensemble. On est même partis en vacances quelques fois.

Sa femme ? Elle ne m'a jamais rappelée. Je me demande si elle sait que nous sommes toujours ensemble ou si elle se voile la face parce qu'elle ne veut pas tout perdre. C'est lui qui rapporte l'argent, elle, elle ne fait que le dépenser. C'est dur de gueuler quand on est dépendant de quelqu'un.

Avant moi, il n'a eu personne. Je me demande bien comment il a fait pour tenir, vu comment elle le traite.
Il m'a dit qu'avant de me rencontrer il n'avait jamais eu envie de la tromper.
C'est en me voyant dans ce bar, en train de rigoler, que son univers a basculé, si je peux dire. Il a été fasciné par ma joie de vivre, ma spontanéité. Avant qu'il ne réalise, on avait déjà commandé un autre verre.

Quand j'ai su tout ça, je me suis lancée dans notre relation comme à la guerre.
J'étais toujours parfaite, épilée, douce, tendre, passionnée. Je faisais tout pour l'émoustiller, j'étais fantaisiste.
Il adorait ça. On parlait de tout, de rien, de nous, de sa vie. Et, sans que je m'en rende compte, cinq années s'étaient écoulées.

Je sais, ça fait beaucoup, mais on a avancé.

Il m'a présentée à certains membres de sa famille, et moi aux miens. C'est bon signe, n'est-ce pas ?
Ça prouve qu'il veut qu'on se mette ensemble pour de bon. Je suis prête à attendre. Je ne veux pas qu'elle nous mette des bâtons dans les roues s'il se précipite.

Et puis, sa fille a grandi. Ce sera plus facile pour elle quand ils vont se séparer. Elle doit bien voir que son papa n'est pas heureux. Sa mère non plus, mais l'argent qu'elle dépense doit l'aider à oublier sa tristesse.

Je ne ressens pas trop son absence. On s'appelle souvent, on skype, on s'envoie des photos. Le plus dur, c'est pendant les fêtes. J'aimerais tant qu'on les passe ensemble. Surtout Noël, c'est ma période préférée de l'année. Les illuminations, les décorations, préparer les cadeaux. C'est magique. Surtout à deux...

Ce qui me fait tenir, c'est nous. La profondeur de notre amour. Je regarde nos photos, je lis ses lettres, je l'appelle. Ça me donne du courage, je sais que le jeu en vaut la chandelle.
On est tellement heureux lorsqu'on est tous les deux.
Ce n'est pas moi qui le dis. C'est lui. Alors, ça vaut bien le coup d'attendre un peu.

Sam
42 ans, marié depuis quinze ans, un enfant

Avant qu'on commence, vous m'assurez que mon nom sera changé ? Sam ? C'est celui qu'elle a choisi ? Alors, va pour Sam !

Faut tout modifier, hein, je ne sais pas trop ce que vous comptez faire de ce truc mais faut pas qu'on me reconnaisse.

Pour être honnête, je ne voulais pas vous parler, mais Agathe a insisté. Vous connaissez les femmes ! Toujours à vous harceler pour que vous fassiez ceci ou cela, à faire du chantage affectif. Crevant ! Mais bon, on ne pourrait pas faire sans, ha ha !

Vous me placez dans une situation délicate... Je ne peux pas vous parler de ma femme. Quant à Agathe...

Coupez l'enregistrement.
Voilà. Maintenant on peut parler.

Donc je vous disais...
Agathe m'a poussé à venir vous voir, car exposer notre « amour » à la face du monde serait une bonne idée.

Je ne pouvais pas lui refuser ça. La pauvre, avec tout ce que je lui impose... Eh ! je ne suis pas le seul coupable, elle a choisi de rester. Je ne lui ai rien promis, moi !

C'est vrai qu'à l'époque où je l'ai rencontrée ça n'allait pas trop avec ma femme, comme ça arrive à tous les couples. Agathe, sa jeunesse, sa fraîcheur m'ont donné l'envie de recommencer à prendre soin de moi, de sortir, je me sentais revivre.

Le plus drôle, c'est que ça a rejailli sur ma femme. Alors que je ne m'y attendais plus, entre nous, c'est reparti comme en quarante.

J'aurais dû quitter la petite, mais elle était si attachée, si douce, si prévenante. À chaque fois que je venais la voir pour lui annoncer les choses en face, elle me surprenait.

Je n'arrivais pas à m'y résoudre. J'ai laissé faire. Je lui ai présenté des gens en lui faisant croire que c'en était d'autres.

Je ne lui disais ni oui ni non quand elle me parlait de quitter ma femme, de nous installer. Je n'aurais pas supporté de la savoir triste.

Il n'y a rien qui me mette plus mal à l'aise que de voir une femme pleurer. À chaque fois, je ne sais pas quoi dire ou faire : si je dois tenter de les réconforter, ou bien m'en aller… Bref, ma solution, c'est de ne pas les faire chialer, surtout qu'elles peuvent me taper de ces crises.

Jusqu'à maintenant, la situation ne me pèse pas trop, c'est même assez agréable.
J'utilise ma femme comme prétexte pour limiter mes contacts téléphoniques avec Agathe, et lorsqu'on se retrouve… on a l'impression que je vais mourir tellement elle se donne à fond, la petite. Ça me fait des bouffées d'oxygène, je rentre chez moi en forme, posé, et avec ma femme, c'est le feu d'artifice.

Le jour où ça ne me conviendra plus, je changerai de numéro et je disparaîtrai. Vu qu'elle ne sait pas exactement ni où j'habite, ni où je bosse, je suis tranquille.

Allez, je vous laisse, c'est pas que je m'ennuie mais bon… Vous comprenez ?
Je compte sur vous pour me faire dire de jolies choses ! C'est bien votre métier, non ?

En fait… elle avait raison Agathe, ça fait du bien de vous parler !

Clémence
15 ans, cadette d'une famille de six enfants

C'est si calme ici.
Ça me change de chez moi.

C'est parce que ma mère vient d'accoucher... Des jumeaux : une fille et un garçon... À part eux, j'ai un frère aîné, un cadet et une cadette. C'était déjà pas super calme alors qu'on était que quatre. Mais maintenant qu'on est six ! Ça promet !

J'espère qu'ils vont enfin s'arrêter.
Six, c'est suffisant, n'est-ce pas ?

Ce n'est pas que je n'aime pas mes frères et sœurs, c'est juste que... ils auraient pu s'arrêter à Quentin et Mélissa. Je sais, c'est méchant. Surtout qu'ils sont adorables, Vivien et Lucinda, je dis pas le contraire, c'est juste que... voilà, quoi.

Mes parents se sont rencontrés jeunes. Mon père dit qu'il avait déjà craqué pour ma mère mais que, lorsqu'elle lui a confié son envie d'avoir quatre enfants minimum, il a su que c'était la femme de sa vie.

Ils sont tous les deux enfants uniques. Mes grands-parents nous ont raconté que ça leur a manqué de ne pas avoir de frère ou de sœur. Du coup, ils ont toujours voulu une grande famille avec tout plein de bébés.

Un an après leur mariage, Florian est né. Ma mère avait 23 ans. Deux ans plus tard, c'était mon tour.

Quentin et Mélissa ont quatre ans de moins que moi. Quand j'ai su que j'allais avoir un petit frère et une petite sœur. J'étais trop contente ! Deux d'un coup !

Quand les petits sont nés, mon frère s'est beaucoup occupé de moi. Il n'avait que six ans. C'était un gamin mature. Il me surveillait, me donnait mon goûter, des trucs du genre.

Ça n'a pas été amusant tout de suite. Je me souviens que je me sentais souvent triste.
Florian dit que je suis devenue insupportable : je faisais des caprices, je pleurais sans raison, je chouinais pour tout et pour rien.

Quand nos grands-parents venaient voir les petits, je faisais des conneries ; je piquais dans le maquillage de ma mère pour me faire belle, je prenais ses bijoux, je chantais, je faisais tout pour qu'on me remarque.
Ça ne marchait pas toujours.

On me punissait, mais je m'en fichais. C'était pas grave. Maman venait toujours discuter avec moi après. Elle me faisait promettre d'être sage, puis me faisait des câlins.

Les petits ont grandi. On a commencé à jouer ensemble. À quatre, on trouve toujours quelque chose à faire pour s'amuser. On riait. On faisait des cabanes avec nos draps dans nos chambres et tout. Nos parents nous ont chargés, Florian et moi, de nous occuper d'eux. Je devais aider Mélissa à se brosser les dents, Florian faisait pareil avec Vivien. Ça m'a aidée à me calmer.

Il nous arrive de nous disputer, mais on se réconcilie vite.

Je les aime.
J'aime aussi mes parents.
C'est juste que, parfois… c'est comme si je n'arrivais pas à trouver ma place.

Florian, c'est l'aîné. Il est poli, intelligent, les gens aiment bien discuter avec lui. Il sait plein de trucs.
Les jumeaux sont drôles, vraiment hilarants. Moi ?
Je suis là… Je ne me trouve pas drôle, ni même particulièrement intelligente… Du coup, les gens pensent que je suis timide… Ce qui n'est pas le cas.
Je parle aux gens qui s'intéressent à moi, c'est tout.

Comme mes grands-parents. Ils essaient toujours de s'intéresser à chacun d'entre nous. Florian et moi, on peut passer les voir quand on veut. Je ne sais pas pourquoi, on n'y va jamais ensemble.

Mes parents sont plutôt du genre à vouloir que leurs enfants soient indépendants.
C'est pour ça qu'ils m'ont laissée prendre les transports toute seule dès que j'ai su lire. J'avais 7 ans. Depuis que Flo a 9 ans, on va au ciné tous les deux.

Mes copines trouvent que j'ai de la chance.
Pas moi.
Ça fait juste comme s'ils essayaient de se débarrasser de nous.

Je sais, c'est débile. Nos parents nous aiment.
C'est juste que, je ne sais pas… j'ai pas l'impression.
Tu vois, ma copine Inès. Vous voyez, excusez-moi. Ben, quand je vais la voir, sa mère est toujours là, à venir voir ce qu'on fait. Elle nous apporte des trucs à bouffer et tout. Inès la trouve

lourde. Je suis pas d'accord. C'est de la gentillesse. De l'attention. Quand mes copines passent, mes parents s'en fichent royal. Si elles sont pas sous leurs yeux, ils ne les calculent pas.

On est tous différents, je comprends. C'est juste que ses parents sont trop bien. Ils sont gentils. Les voir, ça me donne envie de « chercher la merde », comme on dit.
Par exemple, je dis que je vais rentrer à 17 heures, je rentre pas, je préviens pas et j'attends de voir s'ils appellent, s'ils me cherchent.

Je me fais punir, bien sûr… mais ça vaut le coup. Parce que, même si c'est débile, je ne sais pas, ça me réconforte de voir qu'ils ont paniqué. Ça montre qu'ils tiennent à moi.

Parfois, il m'arrive aussi de parler d'une façon qu'ils n'aiment pas, de m'engueuler avec Maman parce que je sais qu'elle viendra ensuite pour discuter comme avant.

Maintenant, entre Vivien et Lucinda, Quentin, Mélissa…, elle n'en aura même plus la force.

Je pensais que tout ça, c'était fini. Je savais même pas qu'ils voulaient d'autres enfants.
C'est comme si on ne leur suffisait pas. Florian dit que je dramatise, qu'ils voulaient juste plein d'enfants.
Ils ont réalisé leurs rêves… Super !
J'ai juste l'impression que c'est nous qui payons les pots cassés, c'est bien comme ça qu'on dit ?

Oh ! Je sais, Quentin et Mélissa ont 11 ans. Ce ne sont plus des bébés.

Ils ont quand même besoin d'attention. Qu'on vérifie leurs devoirs, qu'on les fasse réciter. Quentin n'aime pas trop se brosser les dents. Sans Florian, je pense qu'il aurait plus de dents, vu toutes les cochonneries qu'il peut manger si on ne fait pas gaffe.

En plus, les parents sont plus tout jeunes.
D'après vous, qui va s'occuper des deux petits quand ils seront morts de fatigue ? Qui va se charger du dîner ? De raconter l'histoire avant dodo ?

Florian et moi, bien sûr !
On le fera même s'ils ne nous demandent rien…
Parce que c'est comme ça qu'on fait en famille. On s'entraide.

Lorsque je serai plus vieille, je pense que j'aurai des enfants…
Mais seulement un.
Peut-être deux.
Pas plus.

Deux, c'est bien. Il en faut peu pour être heureux.

Sylvie et Laurent
40 ans et 43 ans, parents de Clémence

Nous sommes très contents d'être ici aujourd'hui, n'est-ce pas, chérie ?

Oui, oui, très contents.

Vous savez, nous n'avons guère l'occasion de parler de notre expérience de parents. Avoir des enfants vous coupe un peu du monde, surtout lorsque vous en avez six ! Vos amis sont d'accord pour en recevoir deux ou trois, mais six… Surtout lorsque certains sont encore en bas âge… De plus, nous avons choisi d'avoir des enfants, nous devons donc les assumer. Comme j'aime à le dire à Sylvie, n'est-ce pas, ma chérie ?

Oui. Sortir avec six enfants demande énormément d'organisation et de compréhension de la part de notre entourage. Recevoir aussi est devenu compliqué.

Exact, exact. Quand nous n'avions encore que nos deux aînés, nous profitions de leur absence pour faire de petits dîners. Lorsqu'elle l'a appris, Clémence l'a très très mal pris, ce que nous pouvons comprendre. Dès lors, nous avons fait de notre mieux pour accueillir nos amis en leur présence. Les premières soirées ont été délicates, tu t'en souviens ?

Oui, à cet âge, les enfants adorent attirer l'attention sur eux, il fallait les recadrer assez régulièrement.

Florian ne posait pas trop de problèmes… C'était surtout Clémence.

Il est vrai. L'arrivée de Quentin et de Mélissa nous a aidés à la responsabiliser.

Tout du moins à essayer ! Elle a d'abord eu une période où elle est retombée en enfance !
Nous avons eu beaucoup de mal. Pouvez-vous imaginer ? Vous êtes en train de changer les couches quand votre enfant arrive, se roule par terre, pleure, vous déposez l'un des bébés dans le

berceau et c'est lui qui pleure. Une horreur !

Nous étions épuisés !

Littéralement. C'est là que j'ai eu l'idée de l'impliquer dans l'éducation des petits.

Nous l'avons assise à côté d'eux et nous lui avons expliqué en détail quels étaient ses devoirs en tant que grande sœur. À partir de ce jour, les choses se sont passées beaucoup mieux.

Une vraie bénédiction !

Nous étions un peu stressés lorsque Sylvie est retombée enceinte. Nous ne savions pas comment les enfants allaient réagir. Ils ont montré une joie sans borne !

Cela nous a beaucoup rassurés.

Nous avons pu profiter de cette grossesse, la faire partager aux enfants. Je pense que le fait qu'ils soient plus grands a beaucoup aidé.

Nous en avons aussi parlé en famille.

Oui. Il y avait tant à discuter : l'organisation des chambres, des tâches ménagères, notre implication.

Il fallait les rassurer.

Exactement, Sylvie ! Leur dire que notre amour pour eux allait rester le même parce que le cœur d'un papa et d'une maman sont plein d'amour pour tous leurs enfants quel que soit leur nombre !

C'est très important.

Leur éducation ? Nous avons toujours pensé que les enfants devaient être responsabilisés, avoir de l'autonomie, d'où notre démarche avec Clémence lorsqu'elle était petite.
À la suite de cela, les choses se sont faites naturellement. Florian a pris en charge Quentin et Mélissa avait Clémence.

Nous avons été ravis de constater cela.

Cela prouvait que nous avions bien fait notre travail. Nos enfants se sentaient suffisamment sûrs d'eux pour s'occuper de leurs cadets.

« Leur faire confiance et les laisser grandir », tel est notre credo.

Comme je le disais, nous avons considéré cette attitude comme un effet secondaire, si je puis dire, de l'éducation que nous leur avons donnée.
Vous savez, avant la naissance de nos premiers jumeaux, si je puis dire, nous avions déjà posé les bases… Florian allait seul chez ses grands-parents, par exemple. Il était même chargé de surveiller sa petite sœur.

Non, nous n'étions pas inquiets.

Pour quelles raisons l'aurions-nous été ? Vous savez, trop protéger les enfants ne sert à rien, cela en fait des adultes qui ne savent pas se débrouiller, qui ont toujours besoin de soutien. Nous ne voulons pas en faire des assistés.

Laurent a raison. Nous sommes fiers d'eux. C'est grâce à cela que je peux discuter sereinement avec vous. Je sais que mes deux derniers sont bien encadrés à la maison.

C'est cela que nous voulions partager avec vos lecteurs. Leur prouver qu'avec une bonne éducation on peut avoir une famille nombreuse où tout le monde est heureux, entouré d'amour.

Exactement ! Nos enfants sont joyeux, pleins de vie, intelligents, polis, autonomes ! Tout ce dont nous rêvions !

Les enfants ont besoin de compagnons de jeu, les nôtres en ont et cela aide à leur épanouissement. Ils partagent leurs savoirs, se soutiennent, se protègent... Ils ne seront jamais seuls.

Jamais.

Bien sûr qu'ils sont heureux ! Clémence vous a-t-elle dit autre chose ?

Chéri, elle recommence... Je te l'avais dit...

Arrête, Sylvie ! Ma fille va bien, très bien ! Elle a beaucoup d'imagination et aime l'utiliser pour captiver son monde. Elle deviendra sûrement auteur ou actrice ! Je suis son père ! Je sais comment elle va. Et, je puis vous assurer que tous nos enfants se portent bien.

Martial
57 ans, marié, cinq enfants

Bienvenue mademoiselle. Je suis enchanté de faire votre connaissance. Asseyez-vous, je vous prie. Désirez-vous un thé ? Un café ? Ce sera un café alors, je viens tout juste d'en faire.

Prenez donc un biscuit, c'est ma fille aînée, Thérèse, qui les fait. Une bien gentille fille, très attentionnée. Après elle il y a eu Édith, puis Laura et alors qu'on ne les attendait plus Nicolas et André.

Vous connaissez Lolo, je crois ? C'est ça. L'école. Elle a toujours été très populaire, Lolo. Elle tient ça de sa mère. Ma femme a toujours attiré les gens. Elle avait quelque chose comme on dit.

Oui, c'est bien Lolo sur cette photo. Elle fêtait ses 3 ans. On était rentrés en congé bonifié. Je suis arrivé en métropole après mon concours. À l'époque, beaucoup d'Antillais venaient ici pour cette raison. Ce n'était pas facile ! Il fallait s'habituer au froid, au temps, à Paris et aux Parisiens… On était contents de se retrouver entre nous pour parler du pays. Il y avait de l'entraide. C'est d'ailleurs comme cela que j'ai rencontré ma femme ; en allant aider un copain. Elle venait d'arriver chez son oncle, c'était pas commun de voyager seule à l'époque pour une femme mais elle avait réussi à convaincre ses parents de la laisser partir pour gagner sa croûte. En échange, elle avait dû s'installer chez la famille.
Son oncle la surveillait beaucoup ! C'était une très belle femme qui ne se laissait pas marcher sur les pieds. Elle n'hésitait pas à remettre à leur place les malotrus qui la sifflaient dans la rue.

Il fallait la voir !

Par contre, avec les compatriotes, c'était autre chose. Douce comme le miel. Toujours un mot gentil, des provisions à donner si on n'abusait pas de sa générosité et une blague à dire pour vous remonter le moral.

Marie-Ange, je lui ai fait la cour comme il était d'usage à l'époque. Et puis nous nous sommes mariés. Avant d'entrer dans l'administration, on avait beaucoup « djobé » : elle faisait des travaux de couture et moi du bricolage et de la maçonnerie. Avec nos économies, on a pu s'acheter une maison en banlieue. C'était moins cher que maintenant et le statut de fonctionnaire rassurait beaucoup les banquiers. Marie-Ange en a fait notre foyer.

Les enfants sont nés. On riait beaucoup quand elle ne rouspétait pas. Elle aimait me houspiller : « C'est à cette heure-ci que tu rentres ? Tu étais où ? » Elle m'en faisait voir de toutes les couleurs ! On a eu de belles disputes. On a aussi eu de bons moments.

Des moments durs aussi. Les bonnes choses, c'est ce qu'on gardait. C'est ce qui est important. Les sourires, les joies, les fêtes, c'est ça qui vous fait tenir quand le malheur arrive.

Elle me manque.

J'étais à mon poste en train de m'occuper d'un dossier quand le téléphone a sonné. Une voix que je ne connaissais pas m'a demandé de me rendre à La Pitié le plus vite possible. Elle n'a pas réussi à tenir le temps que j'arrive… Un accident. Un concours de circonstances, la faute à personne.

J'ai fait ce qu'il fallait, avec le soutien de Thérèse, qui était déjà grande à l'époque. Une fois les affaires en ordre, j'ai demandé ma mutation et je suis parti le plus rapidement possible. Je ne pouvais plus rester là-bas. J'ai tout laissé aux enfants, c'est ce que Marie-Ange aurait voulu.

C'est important de travailler. D'avoir des obligations, des choses qui vous occupent l'esprit, qui empêchent de trop penser. Quand les gens apprennent que mon épouse n'est plus là, surtout si c'est au détour d'une conversation, ils ne savent pas trop quoi faire, quoi dire. Ils bredouillent des excuses qui n'ont aucun sens. Comme si c'était de leur faute. Anthony, mon collègue, n'est pas comme eux. C'est un jeune qui a commencé en même temps que moi à Bordeaux. Il doit avoir votre âge, je pense, il est plutôt « nature peinture », comme il dit. Je préfère. Je ne suis pas en sucre. Je suis veuf.

Anthony, c'est un bon garçon. On discute beaucoup, lui et moi. Du travail, de la vie, de sa « coloc » Olivia. Enfin, surtout d'Olivia. Il en pince pour elle, ça se voit comme le nez au milieu de la figure ! Ils sont là à attendre je ne sais quoi. Ils ne se rendent pas compte…

Vous savez, Marie-Ange et moi, on s'est mariés à l'église. Le prêtre a posé les questions habituelles : Voulez-vous, etc., etc., jusqu'à ce que la mort vous sépare ?
Quand j'ai répondu « oui », je nous voyais mourir ensemble, la main dans la main, le sourire aux lèvres. J'étais naïf.

Je suis seul maintenant. Marie-Ange n'aimerait pas que je me laisse abattre. Alors je tiens. Je souris, je profite de la vie, de ma famille, de mes amis. Jusqu'à ce que la mort nous réunisse.

Pierrick
36 ans, en couple, un bébé de six mois

On dit souvent que les hommes se sentent vraiment pères au moment où ils serrent leur enfant dans leurs bras pour la première fois.

Peut-être parce qu'on ne porte pas le bébé.

Du plus loin que je me souvienne, j'ai toujours désiré être père. J'ai été le premier à aborder le sujet avec ma compagne. Cela faisait un moment que nous nous fréquentions… Un jour, nous avons croisé une femme avec une poussette dans laquelle se trouvait un petit bout. Nadia m'a dit que voir mes yeux s'illuminer en le regardant était le truc le plus craquant qui soit. Je lui ai répondu : « Et si on en faisait un ? » Nous avons pris le temps d'en discuter, mais pas trop longuement ; si elle n'avait pas voulu, je ne sais pas si on aurait continué.

Nous ne nous sommes pas pris la tête, elle a arrêté la pilule, on faisait l'amour quand on en ressentait le besoin et la nature a fait le reste.
Quand j'ai su qu'elle était enceinte, ça a été l'un des plus beaux jours de ma vie ! J'ai pleuré, sabré le Champomy, chanté, repleuré, appelé ma famille, le bordel.

J'ai tenu à participer le plus possible au « processus », désolé, je ne trouve pas d'autre mot. J'ai assisté aux échographies, j'ai suivi des cours pour apprendre à m'occuper du bébé, j'ai préparé la chambre, lu des livres sur l'allaitement, la naissance, l'éducation, etc.

Je ne dis pas ça pour me vanter mais j'étais aussi informé que Nadia, sinon plus.

J'étais au boulot quand elle a perdu les eaux. J'ai tout planté en gueulant un truc comme « ma femme bébé naître hôpital ! » et j'ai foncé à l'hosto. Nous avons attendu ensemble que Constant naisse. J'osais à peine sortir de la chambre tellement j'avais peur qu'il arrive pendant mon absence.

En voyant ma femme sur ce lit, en lui serrant la main, en lui vaporisant de l'eau sur le visage, en écoutant les sages-femmes parler de sa dilatation, il devenait de plus en plus réel.

J'avais peur, c'est vrai, mais j'étais surtout excité. Je voulais le voir, le serrer dans mes bras, l'embrasser.

Et puis, Constant est arrivé.
On l'a posé sur la poitrine de ma femme.
J'ai caressé sa petite main, il a serré mon doigt et j'ai pleuré comme un gosse, encore.
Rebelote quand j'ai fait du peau à peau pour la première fois.

C'est tellement… c'est indescriptible. Ce petit corps chaud contre vous.

Même si je savais déjà pour quoi je signais. C'était réel. Il était là. Sur moi. Je le sentais bouger. Respirer.
J'étais responsable de lui pour les vingt ans à venir, minimum.

Plein de choses se sont bousculées en moi : de l'amour, de la joie, de la fierté, de l'angoisse… C'est surtout beaucoup de bonheur.

On s'est installés dans notre chambre, la famille est arrivée, on a pris des photos, pleuré, remercié le personnel, tout a été très vite.
Quelques jours après, on est rentrés à la maison tous ensemble. J'étais parti de chez moi en mari, je suis rentré en père.
Nadia portait Constant, j'avais les valises, on l'a installé dans sa chambre et on s'est retrouvés un peu tous les deux.

C'est un bébé calme, il a fait ses nuits vite au dire de Nadia.
Elle s'inquiétait même qu'il ne pleure pas plus que ça... Pas moi.
J'ai l'impression qu'il est sage parce qu'il est serein, qu'il se sent en sécurité avec nous.

Le plus dur, ce n'est pas le petit... C'est ma belle-mère !
Qui l'eût cru ? Dans les bouquins, on parle très rarement des parents intrusifs...
Je m'attendais plutôt à ce que Nadia soit fusionnelle et hyperprotectrice. J'aurais aimé la voir en maman lionne défendant son petit. Ben non, j'ai droit à une lionne sans dents qui essaie de mordre tout ce qui lui passe sous la main.
À la base, c'était juste une petite visite.
Une « petite » visite qui dure maintenant depuis presque quatre mois.

J'apprécie sa présence, le soutien qu'elle apporte à Nadia et tout ce qu'elle fait pour lui rendre la vie plus facile. Là où j'ai plus de mal, c'est qu'elle est toujours là à me donner des conseils, à me critiquer.

« Pierrick, ne le tiens pas comme ci. »
« Je n'aurais pas fait comme ça. »
« Ce n'est que mon avis mais je pense que... »

Et Nadia qui dit amen à tout ce qu'elle dit parce qu'elle a élevé trois enfants et deux petits-enfants.

Mes livres, mes cours, tout ça importe peu devant l'« expérience » de Yolande !

Avant, j'aimais beaucoup ma belle-doche, mais, depuis qu'elle vit avec nous, j'ai juste envie de la faire passer par la fenêtre.

J'ai bien essayé de faire comprendre à Nadia qu'après quatre mois il était temps qu'on retrouve un peu d'intimité.
À chaque fois, elle panique, elle pense que c'est trop tôt, a peur de pas y arriver, préfère avoir sa maman tout près au cas où.

Entre ma femme qui l'allaite et qui passe ses journées avec lui et Yolande qui l'accapare dès qu'il fait un petit couic le soir, c'est à peine si je peux tenir mon fils dans mes bras ! Tu sais, être père, c'est pas facile. C'est la femme qui porte l'enfant. Elle le sent bouger. Elle l'aide à grandir. Ils ont une relation privilégiée. Elle aura beau tout faire pour t'inclure dans le truc, tu ne ressentiras jamais les choses comme elle. Après, le bébé naît, c'est encore un truc où tu ne fais pas grand-chose, à part vaporiser de l'eau et lui dire : « Pousse, chérie, pousse ! » Youhou !
Et quand il est là, tu te dis : « C'est bon. Je vais pouvoir m'impliquer. Trouver ma place. » Enfin, c'est ce que je me disais. J'avais hâte de lui changer ses couches, de lui parler, de l'éveiller, de mettre en pratique ce que j'avais lu. Mais non…

Heureusement, il y a les week-ends.
Yolande adore faire la sieste. Pendant qu'elle pionce, je vais dans la chambre du petit. Je le prends dans mes bras et je le fais dormir sur moi… ou alors, s'il est réveillé, je joue un peu avec lui, je lui raconte des histoires.

Je peux comprendre que ma femme ait peur, qu'elle ne se sente pas rassurée… C'est une merveilleuse mère et je pense qu'elle s'en rendra compte quand on sera en famille, tous les trois.

De toute façon, y a pas trente-six solutions.
Je suis prêt à la mettre dehors, moi, la belle-doche, et à prendre des congés pour passer du temps avec ma femme si ça peut la rassurer.
Il est hors de question qu'elle me prive de mon fils plus longtemps.

La société est bizarre, vous savez.

Avant, les enfants c'étaient des histoires de femmes. On intervenait que lorsqu'ils étaient assez grands pour être intéressants.

Maintenant, on te parle du rôle du père, de l'importance d'accompagner le processus et de ne pas être un simple « fécondateur ».

Je suis d'accord avec cette idée. Elle est juste super compliquée à mettre en œuvre. Autant je n'ai aucune réticence à l'idée de foutre la belle-doche dehors pour pouvoir m'occuper de mon fils, autant m'engueuler avec ma femme me fatigue.

Le pire dans l'histoire, c'est que si je laisse tomber, que je me contente de ne m'en occuper que quand on me le demande, je sais déjà ce qu'elle va dire, l'autre.
« Mon petit Pierrick, vous savez, Nadia et moi ne passons pas nos journées à ne rien faire. C'est votre fils. Vous devez prendre une part active à son éducation. »

C'est sa rengaine la « part active à son éducation ».

Je ne demande que ça, vieille bique ! Tu ne m'en donnes juste pas l'occasion ! J'aime trop mon fils pour baisser les bras. Je prendrais la place qui est la mienne, quoi qu'il m'en coûte.

Nadia
32 ans, en couple avec Pierrick

Entrez, entrez, excusez-moi. J'étais en train de faire le ménage, j'ai beau expliquer à mon mari que, les vêtements, ça se met dans le panier à linge sale, il a tendance à l'oublier.

Heureusement que ma mère est là pour me donner un coup de main parce qu'entre le petit et Pierrick la maison ne ressemblerait à rien.

Maman a emmené Constant faire un tour afin qu'on soit tranquilles, elle ne comprend pas pourquoi nous avons accepté votre requête. Je suis d'avis qu'il faut soutenir les jeunes dans leurs démarches.

Alors, Pierrick et moi nous sommes rencontrés il y a de cela six ans. Déjà à l'époque, l'idée d'avoir des enfants lui trottait dans la tête. Si je l'avais écouté, un an après notre rencontre nous aurions déjà été parents ! Quelle idée ! Comme je le lui ai expliqué, il faut respecter certaines conditions avant de se lancer dans cette entreprise, il faut une stabilité financière, un appartement convenable ainsi qu'une certaine maturité, que Pierrick était loin d'avoir atteinte.

La preuve étant qu'il voulait qu'on ait un enfant sans savoir si notre histoire allait durer !
Ce n'était pas très rassurant, je n'aime pas trop les hommes qui s'emballent ; ils me font penser à des soufflés : soit ils restent bien gonflés, soit ils redescendent tout aussi vite.

J'ai cependant accordé une chance à Pierrick, j'ai ainsi pu réaliser que c'était un grand enfant. Il ne savait pas s'habiller, ni prendre soin d'une maison, gérer un budget. Alors, comment lui confier la responsabilité d'un enfant ?

Si les choses ont changé, il n'en demeure pas moins que tout n'est pas parfait. Prenez ses vêtements ! Il ne sait toujours pas faire de lessive, je passe mon temps à lui dire quoi faire et quand… En même temps, je ne peux pas lui en vouloir. Grâce à lui, j'ai pu m'entraîner à mon futur rôle de mère.

À notre retour de la maternité, il était en congé et, au lieu de m'aider, il s'occupait de Constant. Donc, je me retrouvais à m'occuper des tâches ménagères et des courses. Je ne lui reproche ni d'aimer son fils ni de vouloir passer du temps avec lui. C'est juste que passer derrière lui ET s'occuper d'un bébé, c'est trop pour moi.
J'en ai parlé à Maman, qui a gentiment proposé son aide.

Comme je vous le disais, je ne sais pas ce que je ferais sans elle. Je sens bien que sa présence agace Pierrick. Il a du mal à se remettre en question.
Maman a de l'expérience, elle sait y faire ! Lui, croit que parce qu'il a suivi des cours et lu quelques bouquins, il est devenu un expert en éducation. Maman a eu des enfants, elle a l'instinct maternel !

Je me rappellerais toujours l'histoire qu'elle racontait quand on était plus jeunes. Une nuit, elle s'est réveillée brusquement car elle sentait que quelque chose n'allait pas. Elle s'est levée et s'est rendue dans ma chambre. En allumant la lumière, elle a constaté que j'étais bleue, j'avais eu un renvoi et j'étais en train de m'étrangler ! Elle m'a sauvé la vie !
C'est quelque chose qui ne s'apprend pas dans les livres, c'est personnel, instinctif, je dirais même animal. Alors, vous comprenez bien que Pierrick fait pâle figure à côté de ça.

Je sais qu'il doit trouver sa place et participer à l'éducation de notre fils, pourquoi pensez-vous que je le laisse s'en occuper le week-end ?

En fait, pour être honnête, j'aime beaucoup mon homme, vraiment… mais je ne lui fais pas confiance. Je vois comment il est à la maison : tête en l'air, impatient, distrait. Je sais qu'il aime Constant mais s'il l'oubliait dans la voiture ? Ou s'il mettait de la farine dans son biberon au lieu du lait en poudre ?

Ce n'est pas de l'exagération ! Des histoires comme ça, on en trouve beaucoup dans les faits divers ! Je ne veux pas que ça nous arrive. J'aime mon fils, je ferai tout pour le protéger, alors, en attendant que Pierrick se responsabilise, qu'il me montre que je peux lui faire confiance, j'éviterai de le laisser seul trop longtemps avec le petit.

Oh, mais je lui laisse une chance ! Vous avez déjà oublié qu'il s'en occupe quelques heures le week-end. Pour l'instant, ça se passe bien. Samedi, on franchira une autre étape : je vais le lui confier pour une journée entière. Une sortie entre copines. J'ai longtemps hésité avant d'accepter mais Maman a raison, il faut que je l'habitue.

Quand elle sera partie, je vais me ruiner en nounou si les choses ne changent pas.

Avant de faire un bébé, on se pose beaucoup de questions. Est-ce que notre couple va résister ? Quelles conséquences cela va avoir sur nos vies ? Est-ce qu'on est prêts ? Les reproches que je fais à Pierrick, je les lui faisais déjà avant. Ce qui me tue, c'est de voir que la naissance de Constant ne lui a pas mis de plomb dans la cervelle, qu'elle ne l'a pas fait grandir aussi vite que je l'aurais souhaité.

J'ai peur, peur que le jour où l'on se retrouvera tous les trois, sans ma mère pour m'épauler, pour me décharger, mon couple en soit affecté et qu'à la longue il ne résiste pas. Je sais que la situation actuelle n'est pas l'idéal, qu'il faudrait que je parle à Pierrick, que je lui explique, on a déjà tellement parlé sans que rien ne change. Je sais, c'était avant le bébé, si je ne tente pas je ne saurai pas. Et si cela n'avait aucun impact ? Ou pire ! Si cela en avait un qui dure, allez…, deux semaines avant qu'il oublie ? Je le connais, je ne sais pas… Ce que je pouvais lui pardonner avant, maintenant je ne peux plus, je dois protéger Constant. C'est cela être maman.

Viviane
36 ans, mariée

Juan est un homme romantique, passionné... intense. Il l'a toujours été. Il tient cela de sa mère. Elle a du sang espagnol.

J'ai découvert très tôt cet aspect de sa personnalité. Quelque temps après notre rencontre, qui a eu lieu lors d'un vernissage. Ce soir-là, nous avons parlé peinture, ri, bu beaucoup de champagne.
Il m'a proposé de me raccompagner, j'ai accepté après avoir fait quelques « recherches ».

En d'autres termes, je me suis renseignée auprès de l'organisatrice de la soirée, qui m'a donné des informations à son sujet.
Associé dans un cabinet d'avocats, une carrière prometteuse, venant d'une famille modeste. Il s'est fait à la force du poignet comme on dit. Célibataire, sans enfant, pas de scandale, bien sous tous rapports. Je ne pouvais donc qu'accepter sa proposition.

Lorsque nous sommes arrivés en bas de chez moi, il m'a fait une chaste bise sur la joue et s'en est allé. Le lendemain, je recevais une douzaine de roses accompagnées d'une carte m'invitant à dîner.
Désuet, n'est-il pas ? Cela n'enlève rien à la beauté du geste. En quoi était-ce passionné ? Voyons...
Parce qu'il a noté mon adresse à mon insu, qu'il n'a pas hésité à me faire parvenir un tel présent... Oui, j'aurais pu dire impatient. Il préfère passionné. Passons.

C'est le premier homme qui m'a fait la cour ; il m'a emmenée au théâtre, à l'opéra... J'avais l'impression de vivre un rêve éveillé. Toutes mes amies m'enviaient et elles continuent d'ailleurs.

Sa nature passionnée donnait une vigueur peu commune à notre relation. Juan était en outre très sûr de lui. Tout a été très vite : fiançailles, mariage, installation dans son appartement. Tout cela en moins de deux ans.

Je travaillais en tant que journaliste lorsque je l'ai rencontré et à l'époque je caressais le projet d'écrire un livre. Il m'a encouragée à quitter mon travail pour me consacrer à l'écriture.

« Ma chérie, a-t-il dit, je gagne très bien ma vie. Écris ton bestseller, je m'occupe du reste. »

Je vois déjà les féministes monter sur leurs grands chevaux. Vivre aux crochets d'un homme ? Que nenni ! Quelle honte ! Quel déshonneur ! Fut un temps, j'aurais partagé ce point de vue. Cela dit, je ne suis pas de ces poupées sans cervelle qui se laissent entretenir. Je m'occupe de la maison et du ménage, à ma requête. Je poursuis mes recherches et j'avance tranquillement sur mon manuscrit. Ce que j'aurais eu du mal à faire en travaillant.

Certains jours, je n'ai pas forcément le temps, entre le pressing et les courses ; Juan n'aime pas manger deux fois le même repas. Il n'en demeure pas moins que j'ai plus de temps pour écrire qu'avant.

En dehors de ces activités, je lis beaucoup. Je me cultive afin que nous puissions avoir des discussions riches au dîner. Je fais du sport, je surveille ma ligne, Juan n'aime pas les filles rondes, il trouve que cela démontre un certain laisser-aller. J'ai eu un souci de santé il n'y a pas si longtemps. Les médicaments m'avaient fait enfler, une véritable horreur. Il a été d'une prévenance et d'une attention de tout instant. Parfois, il me désignait une femme attirante, m'encourageant ainsi à retrouver ce corps qui était le mien à notre rencontre. C'étaient des propos sévères mais justes.

C'est pourquoi, dès que j'ai pu, je me suis mise au régime, tout en continuant à lui préparer ses repas. Ce n'était pas de sa faute si j'avais pris du poids, il n'avait donc pas à en pâtir. Maintenant tout est redevenu normal. Toutefois, je continue à me surveiller. Avec l'âge, on a tendance à s'empâter.

Je n'ai presque plus de contacts avec mes amies d'avant. Enfin, si je peux considérer ces personnes ainsi. Comme Juan me l'a fait justement remarquer, c'était soit des pique-assiettes, soit des envieuses qui n'avaient de cesse de me faire des reproches.

Elles ont eu beaucoup de mal à accepter que j'arrête de travailler. Certaines m'ont même dit de faire attention, que mon mari cherchait à me mettre sous cloche. Quelle drôle d'idée, n'est-ce pas ? Tout ce qu'il fait, c'est prendre soin de moi et veiller à ce que je me consacre à ma passion.

Vous savez, le week-end, il prend le temps de lire ce que j'ai rédigé pendant la semaine et il me donne son avis éclairé. Parfois, il peut être un peu sec. Je peux le comprendre. Je réagissais de la même façon avec mes stagiaires. Il n'y a rien de plus agaçant que d'avoir à expliquer et réexpliquer les choses. C'est d'un frustrant ! Juan s'acquitte de cette tâche tous les week-ends, quel que soit son degré de fatigue. Cela prouve son implication et son soutien, surtout qu'il est très occupé.

Il finit tard plusieurs fois par semaine. À son retour, je suis à sa disposition. Un repas chaud l'attend au cas où il aurait faim.

Il a horreur de rentrer et de me trouver à rêvasser sur le canapé. Ce qui est normal. Après une dure journée de travail, il a autre chose à faire que d'attendre que le dîner soit servi. Il n'y a rien d'étonnant à ce qu'il en vienne à taper dans les murs ou à casser la vaisselle, lorsque je n'ai pas rempli mes quelques obligations.

Je vous l'ai dit, c'est un passionné. Ses emportements sont tout aussi intenses que son repentir est sincère. Il me couvre de fleurs, de cadeaux, se confond en excuses, alors qu'il n'a rien fait de mal, le pauvre chéri. Et puis, ce n'est pas comme s'il me frappait.

Mon collier ?
C'est bien l'un de ses présents. Il a du goût, n'est-ce pas ?
Ses collègues étaient venus pour dîner. J'étais un peu fiévreuse et j'ai trop salé le plat.
Nos invités n'ont rien dit, mais Juan n'a pas pu finir son assiette. Lorsqu'ils sont partis, il a jeté les restes à la poubelle et s'est légèrement emporté.
Rien de bien important. Plus de peur que de mal. Mes nerfs étant un peu fragiles, j'ai craqué.

Si vous aviez vu son visage ! Il s'est décomposé.
J'ai senti le remords et la honte qui l'habitaient. Il m'a serrée dans ses bras, m'a murmuré des mots tendres. Il a promis que cela n'arriverait plus jamais.

Le lendemain, je recevais ce collier. Je lui avais déjà pardonné, mais j'ai accepté ce geste de contrition.

Si nous envisageons d'avoir des enfants ?

La question s'est posée, mais nous avons vite abandonné ce projet.
Pour s'occuper au mieux d'un tout-petit, il faut avoir du temps, ce que je n'ai pas. Entre l'écriture, la maison, Juan, c'est juste impossible. En outre, nous sommes d'accord sur le fait que nous devrions l'élever nous-mêmes sans avoir recours à une nounou.
Après mûre réflexion, j'ai décidé de remettre cette idée à plus tard. Je suis encore jeune, Juan aussi ; avec les avancées de la médecine, avoir un enfant après quarante ans n'est plus un problème.

Par ailleurs, je pense avoir bientôt terminé mon manuscrit.
Juan dit que si je continue à ce rythme, d'ici la fin de l'année, nous aurons fini et nous pourrons alors porter ce projet auprès d'éditeurs qu'il connaît.

Parfois, je me demande ce que je ferais sans lui...

Juan
39 ans, marié avec Viviane

Dans la galerie, je n'ai vu qu'elle. Sa tenue impeccable, ses dents blanches, son regard intelligent. Dès que mes yeux se sont posés sur elle, je n'ai pu les en détourner. Je suis allé lui parler et c'est sans surprise aucune que j'ai constaté qu'elle n'avait pas seulement l'air intelligente, elle l'était.

Mon intuition se confirmait, je la voulais dans ma vie, je la voulais à mes côtés pour toujours, enfin pour tout le temps de ma vie sur cette terre. C'était la femme parfaite.
Tout a été très vite, j'étais sûr de moi et bientôt Viviane a partagé mes sentiments ; je ne voyais pas l'intérêt d'attendre tant notre avenir ensemble était évident.

Pourtant, je tiens à préciser que je ne m'engage pas à la légère. J'ai eu des relations avant elle, aucune qui en vaille la peine d'ailleurs. Enfin, tout cela, c'est du passé.

J'admire ma femme, vraiment, je dirais même qu'elle m'impressionne. Sur certains points, elle me fait penser à ma mère. Lorsque nous nous sommes rencontrés, elle menait sa carrière d'une main de maître. Journaliste reconnue, une sommité dans le domaine de l'art, et plus précisément de l'art moderne.

Peu de temps après qu'elle a emménagé chez moi, elle se plaignait de sa lenteur dans la rédaction de son manuscrit ; j'ai lancé l'idée qu'elle devrait arrêter de travailler car je gagnais assez pour subvenir à nos besoins.
C'était une parole en l'air, je ne pensais pas qu'elle me prendrait au mot ! Je me retrouve donc à devoir assurer seul le train de vie de notre ménage. Je ne me plains pas, j'ai toujours été travailleur. Depuis l'enfance, ma mère m'a poussé et ça ne me dérange pas de me dépasser et de relever des challenges.

J'aurais quand même souhaité qu'on en discute plutôt que d'apprendre devant le rôti qu'elle avait donné sa démission et que notre avenir financier reposait désormais sur mes épaules. Encore une fois, je ne me plains pas. Je gagne bien ma vie, en tout cas suffisamment pour nous permettre de garder le standing que Viviane avait avant.

Je me suis réinscrit au sport. Comme je vous l'ai dit, Viviane est une femme active, qui prend soin d'elle. Le midi, je vais à la salle de sport, ça me donne un coup de fouet pour l'après-midi. Le soir, en rentrant, je trouve toujours le dîner prêt, la table mise ; ma femme m'attend vêtue de ses plus belles toilettes. Nous dînons en discutant de l'actualité et de sujets culturels, et ce, tous les soirs de la semaine.

Jamais elle ne commet d'erreur. Elle est toujours parfaite, reine du bon goût. Une vraie Bree.
Enfin, je dirais plutôt qu'elle surpasse Bree. Elle n'a pas de problème d'alcool, ni eu d'amant, en tout cas du peu que je sais.

J'ai l'air quoi ? Blasé ? Moi ? Pas du tout. De quoi voulez-vous que je me plaigne ? J'ai la femme la plus parfaite du monde, qui prend soin de moi, me cuisine de bons petits plats et m'offre des débats intellectuels quand d'autres se voient offrir de la pizza et une bière devant la télé. Nous sommes d'accord que toute plainte serait totalement déplacée.

Je remercie le ciel chaque jour qui passe de m'avoir donné une femme qui soit un tel modèle de perfection. Jamais elle ne se relâche ; enfin, ça lui est arrivé à la suite d'un traitement médical. Il n'a suffi que d'une remarque pour qu'elle se mette au régime ! Elle est toujours bien mise, elle va à l'institut de beauté se faire masser, coiffer, maquiller, elle sent toujours bon, elle fait du sport, cuisine divinement bien, peut aussi bien vous parler d'art que d'économie. Je vous le dis, c'est un modèle de perfection que je me dois d'égaler autant que faire se peut, tous les jours, même le dimanche.

Je suis loin d'être parfait, vous savez, j'ai parfois des colères incompréhensibles. Viviane met cela sur le compte de mon ascendance espagnole. Je pense plutôt que c'est le stress.

Ça ne vous est jamais arrivé ? Comment expliquer cela… ? Prenons l'incident avec les assiettes, je suis sûre qu'elle vous en a parlé.

Ce soir-là, nous recevions à dîner des collègues importants que je souhaitais impressionner. C'était une réunion informelle en vue d'une promotion. Il fallait que tout soit parfait, comment voulez-vous vous concentrer quand le plat est trop salé ?

Je vous jure, Viviane, Miss perfection, Miss je-vous-fais-un-soufflé-comme-les-poules-pondent, capable d'écrire un livre de recettes, le seul soir où je lui demande d'être fidèle à sa réputation, le seul soir où je lui demande de me soutenir, de m'aider, le seul soir où j'ai besoin qu'elle soit là pour moi, cette, cette, cette bécasse trouve le moyen de trop saler le plat ! J'ai réussi à faire bonne figure pendant le dîner quand je voyais nos convives se resservir à boire, mais dès qu'ils sont partis j'ai explosé.

Je suis toujours là pour elle ! Toujours ! Je la couvre de bijoux, de vêtements de marque, je réponds et parfois même devance le moindre de ces désirs, je fais tout pour lui plaire, pour être à la hauteur de la femme qu'elle est, pour qu'elle soit fière de marcher à mes côtés, fière de porter mon nom, je la soutiens dans son projet de livre alors que j'en ai rien à fiche, mais quand il s'agit de mon avenir, de mon futur, y a plus personne hein ! Elle est là pour dépenser la tune, mais quand il faut la gagner, madame est dans ses livres ! Putain !

Veuillez m'excuser. Je me suis emporté.
Mon côté espagnol.

Olivia
27 ans, célibataire

J'ai rencontré Anthony en dernière année de master. Je venais d'arriver à Bordeaux, je ne connaissais rien à la ville ; en plus, c'était mon premier déménagement, la première fois que je quittais ma famille, donc dire que j'étais déboussolée serait un euphémisme.

On était en amphi en train de regarder les M2 de l'année précédente soutenir leur mémoire, j'étais seule dans mon coin, je prenais des notes, j'étais concentrée, tu vois. Je peux te tutoyer, n'est-ce pas ? Ok. Donc j'étais concentrée parce que c'était une année importante. Lorsque le dernier est passé, j'ai récupéré mes affaires et j'ai tracé. Ce n'est pas parce qu'on n'est pas timide qu'on a la capacité de s'incruster dans un groupe, je ne voyais donc pas l'intérêt de m'attarder.

Et là, j'ai entendu quelqu'un qui criait : « Hé ! hé, la nouvelle ! Avec les magnifiques cheveux noirs ! Attends ! »
J'ai les cheveux noirs, je me suis arrêtée pendant quoi… dix secondes ? J'allais repartir quand quelqu'un m'a retenue en agrippant mon épaule. Eh ben non, c'était pas Anthony, c'était sa meilleure amie. Non, je rigole, t'avais deviné, c'était lui.

Depuis ce jour-là, on ne s'est plus quittés ou presque. Il m'a montré la ville, les bars, les parcs, les quais si magnifiques sous le soleil. On a loué une voiture et on a fait du camping, on a été à la dune du Pilat, on a traîné à Arcachon et on a réussi à faire tout ça en bossant et en étant en stage. On passait tant de temps ensemble que les gens ont commencé à jaser. Je m'en fichais, on s'entendait bien, on rigolait. On était différents. Anthony, c'est le mec qui aime les films d'auteur, la voile, la musique classique, la nature, moi, je suis plutôt une fille du béton, qui apprécie les grosses productions, les restos pas chers, les concerts de rock.

Au début, on avait en commun notre passion pour nos études. Puis on s'est fait découvrir des choses, il m'a emmenée camper, comme je te disais, faire de la voile, surfer, faire de grandes balades en forêt. Je lui ai appris à aimer la beauté de l'architecture française, les musées, les boîtes de nuit, les festivals.

L'année est vite passée, on a eu notre diplôme. On a eu beaucoup de chance : on a réussi à trouver tous les deux du taf à Bordeaux. Donc la vie a continué, sauf qu'on avait maintenant de « vrais » salaires. Du coup, finies les chambres d'étudiants et à nous la coloc ! On a décidé de se mettre en coloc, même pas à cause des finances, juste parce qu'on dormait pas mal l'un chez l'autre, alors autant vivre au même endroit.

Anthony nous a trouvé un super appart, trois grandes chambres dont l'une est devenue la chambre d'amis, un beau séjour, un balcon de ouf, à un prix génial, j'ai même pas visité. Je l'ai découvert après qu'on a eu les clés. Je n'avais pas besoin de voir l'appart, je savais que je pouvais lui faire confiance.

L'emménagement s'est super bien passé. Bien sûr, tous nos potes nous sont tombés dessus, genre « arrêtez de mitonner, vous êtes ensemble ! Avouez-le ! ».

Il les a laissés parler, changeant de sujet dès qu'il pouvait. C'est un mec secret, cela fait bientôt quatre ans qu'on se connaît, je ne sais toujours pas s'il a quelqu'un.

Donc, on a commencé la coloc, ça se passait bien, pas de mauvaises surprises. Ça nous a pas du tout éloignés, bien au contraire. On a beaucoup voyagé les premières années, en Europe principalement : Angleterre, Allemagne, Italie, Espagne, Suisse, Belgique. Pendant les week-ends prolongés et les vacances.

T'imagines bien que ça rendait nos potes fous ! Nos familles aussi d'ailleurs. « Vous êtes tout le temps fourrés ensemble, ne nous dites pas que vous vous êtes jamais vus nus, ou que vous n'avez jamais couché ensemble ? Il est gay ? T'es lesbienne ? »

Ni l'un, ni l'autre, on est hétéro, du moins je le suis, Anto parle pas trop de sa vie privée, je crois qu'il a eu des copines… Sa sœur l'a brièvement évoqué lors d'une visite, sinon j'en sais pas plus. Il s'est pas mal confié, mais jamais sur son passé amoureux, et je respecte son silence.

Au début, je me suis demandé si je lui plaisais. Le mec t'aborde, te propose des sorties, t'envoie la blinde de textos, à un moment ou un autre, tu penses que…
Et puis, on a été au ciné, il a rien tenté, je me suis dit que ça sentait pas bon. Du coup, j'ai laissé tomber, surtout qu'en public c'est pas du genre tactile. Par contre, la première fois qu'on a été chez lui, j'ai cru que j'allais faire un AVC : il se couchait sur mes genoux, me tenait dans ses bras, me faisait des papouilles. Le mec *super* ambigu ! Au bout d'un moment, j'ai fini par me dire que, même en étant timide, le gars allait pas attendre cinq mois pour tenter un truc, surtout qu'entre-temps on avait dormi ensemble, et là, encore rien.

Il est pas gay ! Je te jure ! Bi, c'est possible, pas gay. Tu vois, quand on a commencé à dormir dans le même lit, il restait super éloigné de moi. Ensuite, il me prenait dans ses bras, et parfois je *sentais*… Tu vois, quoi…

Après, je pose pas de questions, on est bien comme ça. J'aime ma vie avec lui, il a l'air heureux, pourquoi foutre la merde ?

Oui, tu m'as percée à jour.
Je l'aime, et plus simplement en tant qu'ami.
Ça m'est tombé dessus sans que je m'y attende.

Passé le stade de « je lui plais ou pas ? », j'ai appris à profiter de nos moments de complicité, c'était juste un pote. Mes copines n'arrêtaient pas de me seriner qu'on était faits pour être ensemble. Je rigolais, je les envoyais bouler, j'écoutais sans écouter.

Et il y a eu ce voyage à Londres. On était au marché de Camden, il y a énormément de monde, c'est assez facile de perdre quelqu'un. Je me suis arrêtée à un stand pour regarder des vestes en cuir. Le temps que je me retourne, il avait disparu. J'ai commencé à le chercher. Ensuite j'ai paniqué sans raison, avant de me calmer. On avait nos téléphones, je savais comment rentrer à l'hôtel, au pire, je n'aurais qu'à l'appeler. Je me suis donc posée avec un jus de fruits dans un coin tranquille, j'allais sortir mon portable lorsque j'ai entendu quelqu'un hurler « MARCOOOO ! » : ça ne pouvait être que lui. J'ai évité de penser aux regards que les gens allaient me lancer et j'ai répondu : « POLOOOO ! »
Anto a traversé la foule, bousculant les gens, s'excusant à peine. Quand il m'a rejointe, il m'a attrapée, m'a serrée dans ses bras en gueulant qu'il allait m'acheter une laisse pour plus me perdre comme ça, qu'il avait eu la peur de sa vie, qu'il allait me tuer, qu'il était content de me retrouver.

Il m'a enfin lâchée, je l'ai regardé. Il était au bord des larmes. Il avait vraiment flippé, du coup, je me suis pas foutue de sa gueule. En rentrant ce soir-là, j'ai commencé à cogiter. Pourquoi avait-il paniqué comme ça ? Sa réaction était disproportionnée. Avait-il des sentiments pour moi ? Et moi, que ressentais-je pour lui ? De l'amitié ?

J'étais là, je l'écoutais dormir et, pour la première fois, dormir avec lui a été une torture. J'ai réalisé à quel point ses bras étaient forts, musclés, ce qui n'empêchait pas son étreinte d'être douce et agréable. Je sentais l'odeur de sa peau, une odeur musquée qui n'appartient qu'à lui.

J'ai fait ma première mais pas ma dernière nuit blanche.

Ce qui s'est passé ensuite ? Ma vie est devenue un enfer.
Je cherchais des signes dans le moindre de ses propos, de ses gestes, dans l'espoir de deviner ce que je représentais pour lui. Je repassais dans ma tête tout ce qu'il avait pu dire ou faire, je comparais son attitude avec celles des prétendants de mes copines.

J'en ai conclu que nos potes ont raison. Nous ressemblons plus à un couple qu'à des amis, les rapports sexuels en moins. La question qui se pose, c'est pourquoi après quatre ans aucun de nous n'a fait un pas vers l'autre ? Est-ce qu'il m'aime ? Je pense que oui... D'amour ? Je ne sais pas. Comment définir l'amour ? Certains disent que, lorsqu'on aime, on veut le bonheur de l'être aimé. Je veux son bonheur et il veut le mien, je le sais.

Tu sais, depuis qu'on vit ensemble, ça lui arrive de découcher. Je ne pense pas que ce soit une relation sérieuse, sinon comment aurait-il pu lui expliquer qu'il vivait avec une autre fille ?

À moins que je sois comme une sœur pour lui, que, du coup, il ne trouve pas notre cohabitation étrange.

Honnêtement, je ne sais pas trop. Je devrais lui en parler, ce serait mieux que de me prendre la tête seule dans mon coin. Le truc, c'est que je l'aime. J'aime aussi notre relation telle qu'elle est. J'aime vivre avec lui, voyager avec lui, et tout ce qu'on fait ensemble. Si je lui parle, qu'il est mal à l'aise, ou pire qu'il pense me faire du mal, tout ça ce sera fini. Il me parlera moins, déménagera pour ne pas me blesser. Je ne veux pas courir ce risque. Avec de la chance, on pourrait aussi devenir un couple, c'est vrai. Tu connais beaucoup de mecs qui attendent quatre ans pour avouer à une fille qu'ils l'aiment ? On ne voit ça que dans les romans à l'eau de rose ou les comédies romantiques ! C'est 50/50.

Je peux tout perdre ou tout gagner.
Mais, tu vois, je n'ai jamais été joueuse et je n'ai pas envie de commencer avec lui. Je préfère ça à vivre sans lui.

Anthony
27 ans, célibataire

Bonjour.
Si j'ai bien compris ce que m'a dit Lili, vous faites une enquête sur l'amour, qu'il soit amoureux, amical ou familial, c'est bien ça ?

D'accord. Par où commencer… Je connais Olivia depuis quatre ans. On s'est rencontrés à la fac, enfin je l'ai abordée lors des oraux finaux des M2. Elle était assise là, dans son coin, focalisée sur ce qui se disait.

Je crois que la première chose que j'ai remarquée chez elle, ce sont ses cheveux. J'étais assis un rang derrière mais pas tout de suite derrière, plutôt sur le côté en fait. Tu vois ? Le soleil se reflétait sur ses cheveux. Elle les avait super longs à l'époque. Ils étaient d'un noir comme on en voit peu. Denses, avec des reflets bleutés. Le genre de noir dont on parle dans les livres, qu'on arrive à peu près à faire en BD mais pas toujours dans la vie réelle.

Donc, j'étais assis là, je regardais sa chevelure, son profil, et, je ne sais pas, j'ai eu envie de lui parler. Oui, c'est vrai, elle était mignonne mais je ne parle pas qu'aux filles mignonnes ! Je dis pas ça pour faire bien. Si une femme a un quelque chose qui retient mon attention, je tente ma chance.

Olivia avait ce quelque chose, ouais.
Quand les oraux se sont terminés, elle s'est levée, a regardé autour d'elle comme si elle attendait, qu'elle cherchait un point d'ancrage, quelqu'un qui croiserait son regard pour lui sourire. Il n'y a eu personne : du coup, elle est partie.

Je l'ai suivie, interpellée et on peut dire qu'on ne s'est plus quittés.

Un mec qui aborde une fille, surtout si elle est jolie, ça peut prêter à confusion... ça marche dans les deux sens. Quand la fille nous parle, nous sourit, on se demande aussi si on lui plaît, alors on discute, on apprend à la connaître et on attend.
C'est ce que j'ai fait avec Lili. On a beaucoup discuté, suffisamment pour qu'on se rende compte qu'à part les études

on n'avait pas grand-chose en commun ; pourtant ça n'a rien arrêté. On était tous les deux assez ouverts d'esprit pour laisser l'autre entrer dans son univers.

Comme j'étais du coin, je lui ai fait découvrir la région et ses beautés, elle a réussi à me faire apprécier la vie nocturne en centre-ville. On se comprenait, on adorait passer du temps ensemble. C'était vraiment sympa. Après les études, on a commencé une coloc, puis il y a eu les voyages, et voilà.

Quoi ? Ah ! Notre entourage ? Ils ont toujours cru qu'on sortait ensemble. C'est dur d'arriver à un tel point d'intimité, si je peux dire, avec une fille qui n'est pas notre copine, quand on est tous les deux hétéro.

Si on sortait ensemble, je ne vois pas pourquoi on essaierait de le cacher, les gens sont bizarres.

Je ne sais pas si je pourrais. Enfin, si, j'y ai pensé…
Comme je te disais, quand on s'est connus, je me suis demandé si je lui plaisais. Le temps passait, je n'avais pas l'impression qu'elle m'envoyait de « signal » particulier. Du coup, je l'ai rangée dans la case « amie » et j'ai profité de notre relation telle qu'elle était.

C'est sûr qu'elle ferait la copine idéale. On s'entend bien, elle me connaît, me comprend, on a une complicité que je n'ai jamais eue, en tout cas pour l'instant, avec une autre femme.

Oui, j'ai eu des copines depuis que je la connais. Non, elle ne le sait pas, elle s'en doute peut-être mais on n'en parle jamais. Je n'arrive pas à les garder. Elles ne comprennent pas que je sois aussi proche de Lili : elles ont l'impression que c'est ma copine et qu'elles sont mes maîtresses. Et puis, le fait que je ne veuille pas les amener à la maison n'aide pas…

Je n'ai pas envie de mêler Lili à ma vie privée, c'est tout. Si j'invitais une fille chez nous, à force, je devrais lui présenter ma coloc. Je suis sûre qu'une des deux voudrait faire amie-amie avec l'autre pour me faire plaisir et je n'en ai pas envie. C'est mieux comme ça, mais bon, je me trompe peut-être.

Est-ce que j'ai une copine en ce moment ?
Non. Cela fait un an ? Un an et demi ? Deux ? Attends, attends, j'ai rompu en revenant d'Angleterre et c'était il y a… un an et demi c'est ça.

Il ne s'est rien passé de particulier et c'est bien là le problème. Je suis parti en vacances avec Lili, et pas un seul moment ma copine de l'époque ne m'a manqué. Je ne la contactais que parce qu'elle m'envoyait des textos, je ne pensais pas du tout à elle. Du coup, je me suis dit que je ne devais pas l'aimer tant que ça…

Londres ? Oui, c'est super sympa comme ville ! J'adore ! On y va souvent, d'ailleurs notre premier séjour là-bas a été mémorable ; cette imbécile de Lili s'est perdue !
On était au marché de Camden, tu connais ? On se promenait, je me retourne et, d'un coup, plus d'Olivia. Je la cherche un peu du regard, rien.

Je retourne sur mes pas. Personne. Je commence un peu à baliser, je prends mon portable, plus de batterie. Je balise un peu plus. Je fais le tour du marché, je monte, je descends, je m'énerve, j'arrête pas de crier « Marco ! » afin d'attirer son attention.
Au bout de je sais plus combien de temps, j'entends « Polo ! », et là, je la vois assise, un jus de fruits à la main, tranquille. Je

traverse la foule, je bouscule les gens et je la serre dans mes bras à lui fracasser un os. Il y a eu plus de peur que de mal, heureusement.

Je ne sais pas pourquoi j'ai réagi comme ça. Olivia, c'est Olivia quoi. Ce n'est pas ma sœur ou ma meilleure amie, c'est quelque chose de plus que ça, je ne sais pas, c'est juste l'une des personnes qui comptent le plus pour moi.
Si elle avait disparu ce jour-là, je ne m'en serais pas remis. J'essaie de veiller sur elle. Elle joue la fille forte et indépendante, mais je sais qui elle est. C'est une fille géniale, tu sais.

Si je l'aime ? Je ne vois pas l'intérêt de répondre à cette question. Mettons que je l'aime. À quoi ça sert que je te le dise si elle ne partage pas mes sentiments ? Ça pourrait gâcher ce qu'il y a entre nous. Ce n'est peut-être pas satisfaisant, ni ce que je voudrais mais c'est toujours mieux que de n'avoir plus rien.

Je te l'ai dit : elle n'était pas intéressée. La première fois qu'on est allés au cinéma ensemble, je me suis jeté à l'eau : je lui ai dit quelque chose d'un peu niais pendant le film et elle n'a pas réagi. Ça m'a suffi. Oui, c'était il y a des années, elle me l'aurait fait savoir si elle avait changé d'avis depuis.

J'avoue, je suis un peu lâche. Je ne veux rien tenter si je ne suis pas sûr de sa réponse.
Ce n'est pas facile de se faire rejeter. Surtout quand la personne vous plaît. Il y a trop d'enjeux, trop de risques, je suis un mec aventureux, mais pas à ce point.

Je finirai sûrement par rencontrer quelqu'un d'aussi bien qu'elle. En tout cas, je l'espère.

Nadine
45 ans, en couple depuis quinze ans

Connaissez-vous le film *N'oublie jamais* ?
C'est l'histoire d'un couple qui tombe amoureux. Mais il doit la quitter, et elle, elle finit par rencontrer quelqu'un d'autre. Après plusieurs années, il la retrouve. Et alors que tout joue en leur défaveur, elle lui revient. Parce que l'amour est plus fort que tout. L'amour de sa vie s'appelle Noah.

Vincent, c'est mon Noah.
L'homme que j'ai su que j'allais épouser quand je l'ai rencontré, l'homme avec lequel je me voyais vieillir et finir ma vie.

On s'est rencontrés à la fac, c'était en dernière année.
Je crois que ça a été la plus belle de mes années d'études. On était tout le temps ensemble, enfin tant qu'on n'avait pas cours, le jour, la nuit, les week-ends, les vacances.
LE couple de l'année.

Je me souviendrai toujours du soir où il est venu m'annoncer que c'était fini.
Début juillet, j'étais assise à la terrasse d'un café, plongée dans un livre qu'il m'avait conseillé. J'étais si absorbée dans ma lecture que je ne l'ai pas entendu arriver. C'est la sensation d'être observée qui m'a ramenée sur terre.
Vincent était debout, il me regardait, ses yeux brillaient.
Je lui ai souri, il est venu s'asseoir.
À sa façon de me prendre la main, j'ai compris.
Je ne savais pas pourquoi. Je voulais me tromper, malheureusement, ce n'était pas le cas.

Avant de me rencontrer, il avait postulé pour un poste à l'étranger. Sa candidature ayant été acceptée, il devait partir début septembre.
Je savais qu'il ne croyait pas aux histoires à distance, j'avais d'ailleurs le même point de vue. Nous avons donc décidé de profiter de ce dernier été ensemble autant que possible.

C'est ce que nous avons fait.
Nous refusant à penser à l'avenir.
Nous enivrant l'un de l'autre.
Nous forgeant nos derniers souvenirs.

La rentrée est arrivée, Vincent s'en est allé, toute la peine que j'avais refoulée m'a submergée, je m'y suis noyée de longs mois.
Et, alors que je ne pensais ni ne voulais y arriver, j'ai repris goût à la vie. J'ai trouvé un boulot, j'ai recommencé à sortir.

Vous vous doutez bien que je ne voulais plus entendre parler d'amour.
C'était sans compter sur le destin qui m'a fait croiser la route de Richard.

Nous n'avons d'abord été que des amis, très complices, mais juste des amis.
Avec lui, je m'entretenais de tout, du travail, de ma famille, de mes rêves, de l'amour de ma vie : Vincent.
Richard croyait comme moi que si nos destins étaient liés, alors la vie nous aiderait à nous retrouver. En attendant, il m'encourageait à laisser l'amour revenir dans ma vie.

Je n'y arrivais pas.
Mon cœur et mon corps formaient un temple érigé en l'honneur de Vincent, qu'aucun homme ne pouvait souiller.

Cela a duré trois ans.
Entre-temps Richard a eu des copines, des aventures, rien qui ne le retienne loin de moi. Certaines de mes amies insinuaient qu'il avait des sentiments à mon égard, ce que je me refusais à croire.

Trois années pendant lesquelles je pensais encore et toujours à Vincent.
Jusqu'à ce jour fatidique où j'ai appris par un ami commun qu'il avait rencontré quelqu'un. Loin de me blesser, ça a été comme une délivrance. Comme si j'avais enfin sa permission de passer à autre chose.

Le soir même, je devais voir Richard.
Il m'attendait devant le cinéma.
Son instinct a dû l'avertir de ma présence car il s'est retourné alors que j'allais lui tapoter l'épaule. Nos regards se sont croisés pour la énième fois.
J'ai vécu un de ces moments comme on en connaît peu. Pour la première fois, j'ai « vu » Richard.
J'ai pris conscience de la beauté de ses traits, de la douceur de son regard.
Je l'ai vu.

Cela faisait longtemps qu'il attendait un signe. Quelque chose dans mon regard lui a fait savoir que ce moment était arrivé. Alors, sans l'ombre d'une hésitation, il m'a donné un langoureux baiser.

Depuis, nous ne nous sommes plus quittés. Nous avons acheté un appartement, eu des enfants, nous sommes heureux.
Vincent est devenu un merveilleux souvenir. Un amour de jeunesse qu'on regarde avec tendresse en se demandant

comment on a pu croire qu'on n'arriverait pas à vivre sans lui. Ah... qu'est-ce que j'étais fleur bleue à l'époque !

J'avais même oublié cette histoire de destin.
Mais tout comme l'amour ne vous oublie pas, le destin non plus.

Je pense que ces deux-là travaillent de concert et vous frappent lorsque vous vous y attendez le moins, vous faisant revivre les mêmes scènes.

J'étais assise au café, dans ce même café où Vincent m'avait quittée par le passé. Au début, j'avais refusé d'y mettre les pieds, puis il y avait eu Richard.

Donc j'étais assise en train de lire lorsque j'ai été interrompue.
« Nadine ? C'est bien toi ? »
J'avais reconnu la voix. Je n'en croyais juste pas mes oreilles.
« Oui, c'est toi, ça ne peut être que toi. »

Entre-temps l'individu s'était rapproché de ma table, il se tenait maintenant devant moi.
J'ai levé la tête, mon regard a trouvé celui de Vincent, bien entendu.
Un Vincent sur qui le temps avait fait son œuvre sans lui retirer ce quelque chose qui m'avait fait tomber amoureuse de lui.

Par deux fois, ce café a été le théâtre du bouleversement de nos vies.
Nous n'avons pas discuté longtemps ce jour-là, suffisamment pour que je sache qu'il était divorcé avec un enfant. Et qu'il m'avait cherchée en vain depuis son retour.

Suite à ce coup du destin, nous avons commencé à nous voir. Nous ne pensions pas à mal, savourant juste le fait de nous retrouver après toutes ces années, apprenant à nous redécouvrir, heureux de nous voir si différents et pourtant si semblables.

La première fois que nous nous sommes embrassés, cela nous a semblé une conséquence logique de cette complicité retrouvée.
Il y a eu un premier rapport sexuel, une première nuit, un premier week-end.
Richard voyageait souvent pour le travail, les enfants étaient petits, ils ne comprenaient pas, c'était facile.

Contrairement à ce que j'aurais pu croire, je ne culpabilisais pas de ma relation avec Vincent.
Le destin me renvoyait juste celui à qui j'appartenais depuis toujours.

Le seul hic, c'est qu'il n'avait pas prévu que mes sentiments pour Richard deviennent aussi profonds. Je ne me voyais pas le quitter, je n'envisage toujours pas cette possibilité.
Je me sens bien dans ses bras, bien dans ses draps, bien dans cette vie que nous avons construite. Tout comme je suis heureuse de la vie que je mène avec Vincent.

Il ne me demande rien. Il sait que la situation dans laquelle nous nous trouvons est en partie de sa faute. S'il m'avait demandé de le suivre, au lieu de me quitter, nous n'en serions pas là.

Blâmer le passé ne change en rien le présent. Mon présent, c'est ma famille la semaine, Vincent le week-end. C'est un mari doux et tendre, un amant compréhensif.

C'est une vie dans laquelle je me retrouve. Je me sens comblée, entourée par toutes ces personnes qui m'aiment et que j'aime. Aux yeux des gens, je sais que tout ceci n'est qu'hérésie, égoïsme. Mais, si personne ne souffre, en quoi est-ce mal ?

Hier, c'était l'anniversaire de mes retrouvailles avec Vincent.
On devait aller dîner, j'ai dû annuler car la petite dernière était malade. Il a dû être déçu. Je déteste ça… On ne se voit pas beaucoup, en tout cas, pas assez à notre goût, alors annuler à la dernière minute est une véritable torture, un sacrifice. Vous savez, j'ai toujours pensé être une femme honnête, fidèle. La femme d'un seul homme. Je me suis découverte, pas en bien je l'admets…

Pourquoi suis-je incapable de prendre une décision ? Oui, je sais que j'ai dit que la situation me convient… mais eux ? Dois-je leur imposer cela ?
Je rêve de fuir loin d'eux, loin de tout cela mais c'est impossible. Alors, je savoure mon paradis et mon enfer, j'oublie que je mène une double vie, je profite du temps passé ensemble.

La semaine prochaine, je vais retrouver Vincent.
J'ai réussi à nous organiser une escapade de trois jours à la campagne. Il fallait au moins ça pour me faire pardonner l'annulation de notre anniversaire, surtout que nous fêtons nos noces d'étain !

Dix ans.
Déjà…

Richard
47 ans, en couple avec Nadine

Vous connaissez le démon de midi ? On l'appelle aussi « crise de la quarantaine », ce moment où contre toute attente les hommes, parce que ça touche plus facilement les hommes, comprennent qu'ils vont mourir et décident de faire tout ce qu'ils n'ont jamais osé faire. Certains prennent des maîtresses, d'autres se mettent à des sports à risque, décident de changer de boulot. Leurs proches sont surpris par ce type de comportements, ils espèrent que ça va passer, qu'ils vont retrouver la personne qu'ils ont connue et aimée, le pilier, le support.

J'ai eu cet espoir quand j'ai su que Nadine me trompait. J'ai cru que ce n'était qu'une phase, une crise, qu'elle ne pourrait pas tourner le dos à cinq ans de vie commune. Quand j'ai vu que ça durait, j'ai espéré qu'elle s'en aille. Je n'avais pas la force de partir. Par amour, par lâcheté, par confort, je ne sais pas trop. Elle ne partait pas.

Cette situation, je l'attendais autant que je la redoutais. Depuis que j'étais tombé amoureux de Nadine, cette peur me suivait partout où nous allions. On dit souvent qu'à imaginer le pire on l'amène dans nos vies. C'est exactement ça.

J'ai connu Nadine quelque temps après sa séparation d'avec Vincent. C'était une jeune femme blessée. Elle faisait la forte, tenait le choc. Mais il suffisait qu'on prononce ce prénom pour que le masque se fissure. La blessure était encore là, bien ouverte. Nadine ne voulait plus croire en l'amour, au destin. Je ne suis pas tombé amoureux d'elle tout de suite. On est d'abord devenus amis. Je trouvais sa façon d'aimer excessive. Elle se donnait, tout entière. À la longue, j'ai fini par envier Vincent. Moi qui enchaînais les relations décevantes, je voulais être aimé ainsi, aussi fort, aussi intégralement.

J'ai caressé l'espoir fou qu'elle m'aimerait ainsi un jour. Le temps a passé, Vincent est devenu un souvenir, le processus de deuil était fait, elle était en paix. J'attendais mon heure. Je savais qu'elle se rendrait compte de notre complicité. On était trop bien ensemble.

Ma patience a payé.
On a eu très vite des projets. On les a enchaînés. Comme si on était dans l'urgence, comme s'il fallait profiter du bonheur avant que le malheur arrive.

Je ne sais pas trop comment il est revenu dans sa vie. Je n'ai pas cherché à savoir, pas engagé de détective, je ne l'ai pas suivie. C'était juste évident. Du jour au lendemain, elle a changé. L'analogie va vous sembler niaise, mais elle m'a fait l'effet d'un mimosa qui enfin retrouve le soleil, qui renaît fièrement après un long hiver. Elle était plus belle, plus rayonnante, plus pétillante. La même et pourtant tout autre.

J'ai voulu nier l'évidence, maintes fois j'ai pensé lui poser un ultimatum, à quoi bon ? Je connais Nadine, je sais que cette situation ne la rend pas heureuse. Elle ne sait juste pas qui choisir. Elle a toujours eu peur de prendre des décisions. Elle ne veut pas se tromper, affronter les conséquences ce n'est pas pour elle.
Dans le doute, abstiens-toi, c'est sa devise.

Je lui en ai voulu, je m'en suis voulu.

Et j'ai laissé faire. C'est moi qui lui disais que si Vincent était le bon, elle le retrouverait… Qu'est-ce que j'ai pu en sortir des fadaises à cette époque !

J'aurais préféré qu'ils se retrouvent maintenant. Pas quand elle était dans la fleur de l'âge, j'aurais aimé l'avoir pour moi seul, sans cette ombre planant au-dessus de nous. Les premiers temps surtout, c'était compliqué. J'ai vraiment cru que, malgré sa devise, elle partirait, qu'elle finirait par choisir…

J'étais aussi perdu qu'elle. Les seuls moments où nous avions l'impression de nous retrouver, c'était au lit. J'étais conquérant, je l'enfermais dans mes draps, dans mes bras. Je lui montrais mon amour, ma passion, que sa place était ici.

C'est dur, vous savez. Cette femme. Ma femme. C'est, c'est… c'est elle. J'ai essayé de la tromper aussi. Pour comprendre, pour voir. Je n'en ai trouvé aucune qui me fasse l'effet qu'elle me fait. Aucune.
Son Vincent. C'est ma Nadine. Je l'aime comme elle a pu l'aimer. Avec la même passion, la même force, la même abnégation.

Je ne veux qu'elle, je ne vois que par elle. Je fais tout pour la protéger, pour que rien ne ternisse son image, j'efface ces traces, je raconte des mensonges aux enfants, à nos proches, je fais celui qui ne voit rien.

Je me fiche des regards compatissants, des sous-entendus. Beaucoup s'interrogent sur notre relation mais n'en parlent pas. Ils ne veulent pas nous blesser.

Je protège ma famille, je protège celle que j'aime et qui m'aime. Je sais qu'elle m'aime.

Elle n'arrive pas à se décider parce qu'elle nous aime tous les deux. Elle a besoin de nous...

J'avoue avoir pensé à l'aider dans son choix.
Je suis même allé parler à Vincent. Juste pour savoir, pour comprendre pourquoi il était revenu, pourquoi il la voulait... Je voulais savoir, oui, je voulais savoir s'il l'aimait.

J'étais très en colère. J'avais envie de le frapper. Et soudain, ça m'a sauté aux yeux : ce n'était qu'un homme amoureux. Un homme qui ne comprenait pas son besoin d'être avec ma femme, qui avait essayé de l'oublier, de passer à autre chose, sauf que la vie l'avait ramené à elle. Tout le conduisait vers elle. Il était fatigué d'aller à contre-courant. Il s'était noyé en elle.

J'ai été un peu triste. Je me suis vu en lui. Il est tout aussi prisonnier de son amour que je le suis. Nous sommes tous les trois victimes et bourreaux. Ayant tous fait ce constat, on profite des moments que nous passons avec elle, on jette le voile sur la double vie. On est heureux, tant bien que mal.

Fabien
24 ans, enfant unique

J'ai souvent demandé à mes parents pourquoi ils n'ont pas voulu d'autres enfants. À chaque fois, ils répondaient que je leur suffisais.

Certains de mes potes adoreraient ne pas avoir de frère ou de sœur, ils ne se rendent pas compte du poids que peut représenter le fait d'être le seul enfant de la famille.

Mes parents sont tous les deux enfants uniques et n'ont eu qu'un enfant : Moi.

Comme dit souvent ma grand-mère, si je n'ai pas d'enfants à mon tour, notre nom de famille mourra avec moi.

Je devrais m'en foutre. Ce n'est pas le cas.
Depuis que je suis entré au lycée, lors des repas de famille, on s'interroge sur mes amours, on spécule sur mon mariage. Cela m'énervait beaucoup, jusqu'à ce que ma mère m'explique que c'était normal que toute l'attention soit sur moi puisque j'étais le seul enfant. *"All eyes on me"*, comme dit la chanson.

Toute ma famille a des attentes… Ce sont surtout mes grands-parents qui en parlent, du mariage, des sous qu'ils ont mis de côté pour ce moment, de mes études, de ma future femme, de leurs arrière-petits-enfants…

Je souris, je hoche la tête, je change de sujet, enfin je faisais comme ça quand j'avais seize ans. Maintenant que j'approche des vingt-cinq les questions sont plus pressantes. On s'inquiète pour moi. Pourquoi je viens toujours seul ? Et quand j'amène une copine, pourquoi ça ne dure jamais ?

Ce qu'ils ne savent pas et que je n'ose pas leur dire, c'est que je suis bisexuel, avec une préférence pour les hommes.
Je le sais depuis longtemps, depuis ce jour au lycée où j'ai vu un de mes potes nu et que ça m'a filé une érection du tonnerre que j'ai eu du mal à dissimuler.

J'ai tenté les filles.
Je prends mon pied, je suis heureux mais avec elles je n'ai pas la connexion que j'ai avec un compagnon.

Ma famille n'est pas homophobe, loin de là. Mes parents ont même milité pour le mariage gay mais… vous savez comment c'est. Tant que ça nous touche pas, on le vit bien.
J'ai peur que leurs regards changent lorsqu'ils le sauront, je ne veux pas voir leurs rêves s'effondrer.

Grâce à la nouvelle législation, je peux me marier. Pour ce qui est des enfants, ça va être plus compliqué, plus long et, avec toutes ces histoires de genre, je crois qu'ils vont avoir peur que mes enfants naissent hétéro et qu'on les rende homosexuels.

Ma position est lâche, je l'avoue. Mon compagnon leur a été présenté comme mon coloc, nous avons un trois-pièces pour que mes parents ne se posent pas de question. Sa famille m'accueille à bras ouverts alors que je ne l'invite presque jamais chez mes parents.
C'est un homme patient, je le sais ; je sais aussi que la patience a ses limites.

Mes parents, je pourrais gérer leurs réactions, mais ma grand-mère... Je suis une telle source de fierté pour elle. Quand je lui rends visite, je dois aller dire bonjour à toutes ses amies, qui me répètent sans cesse à quel point Mme Huguette leur parle de son petit-fils adoré.

Je ne supporterais pas de voir la tristesse dans son regard, le regret de ne pas avoir de petits-enfants.
J'en suis réduit à prier pour qu'elle s'en aille sans que j'aie à le lui dire. C'est lâche, pathétique. Mais entre être une mauvaise personne et lui briser le cœur, le choix est vite fait.

Hélène
50 ans, mère de Fabien

Quand j'attendais Fabien, il m'arrivait souvent d'imaginer qui il serait, à qui il pourrait ressembler, à qui j'aimerais qu'il ressemble. Les traits de caractère qu'il devait prendre, ceux qu'il devait éviter, le physique aussi, les yeux, les cheveux, le menton, la bouche.

Au bout d'un moment, on a hâte que le bébé naisse, juste pour le voir. Pour savoir s'il correspond à l'image qu'on s'en est faite ou s'il en est au contraire éloigné.
On visualise son futur, ses premiers pas, son premier jour d'école, le petit garçon qu'il sera, enfin, c'était mon cas.

Je savais que je voulais un gamin plein de vie, qui bouge, qui gigote, qui ait du caractère et que les autres n'embêteraient pas. Je voulais qu'il soit quand même obéissant parce que je ne voulais pas trop le gronder.

Ensuite il deviendrait un homme romantique et fort, qui ferait le métier qui lui plairait ; avocat, médecin, vétérinaire, dentiste ou professeur. Quelqu'un de cultivé, avec qui avoir des discussions passionnantes.

Bien sûr qu'on se dit qu'on l'aimera quoi qu'il arrive, qu'on le protégera de tout et de tout le monde, qu'on l'aimera tel qu'il est parce qu'il est notre chair, notre sang, qu'on a un instinct maternel et qu'on s'occupera de notre petit tant qu'on sera en vie.

Fabien a grandi. Sur certains points, c'était le petit garçon dont j'avais rêvé. Sur d'autres, un peu moins. Voilà.

On discutait beaucoup, l'avantage d'être une petite famille. Ou d'aimer communiquer, je ne sais pas. Le fait est qu'on a essayé de créer un climat propice aux échanges, on se montrait compréhensifs, on ne le jugeait pas.

Il n'a pas fait de crise d'adolescence extraordinaire. Pas de cris, de lutte, de changement vestimentaire. Il s'est un peu refermé sur lui-même, est devenu plus taciturne, plus secret, ce qui est normal. C'est la période des premiers émois, des frémissements du cœur et du corps. On n'a pas envie que nos parents s'immiscent dans notre vie.

Nous l'avons surveillé de loin. Lui donnant de l'espace tout en imposant des limites, bien sûr ! Il pouvait sortir si ses devoirs étaient faits et ses leçons apprises. Ses notes devaient être excellentes pour lui permettre d'accéder à n'importe quelle voie.

Il a continué à grandir parce que tel est le cours de la vie. Il a suivi une voie professionnelle à la surprise de tout le monde, parce qu'il voulait de l'expérience pratique et gagner son indépendance. Nous avons parfaitement compris cela et nous l'avons soutenu dans cette entreprise.

Quand il a quitté la maison, cela nous a fait un peu bizarre. Fabien n'avait jamais été un enfant trop bruyant, il n'empêche qu'il a laissé un vide. Nous n'avions pas voulu d'autre enfant. Un nous semblait suffisant. On a pu lui donner toute notre attention et l'élever au mieux.

Avec la distance, j'ai eu l'impression qu'il s'ouvrait un peu plus. Toutefois, nous ne pouvions pas évoquer sa vie privée : quand j'abordais le sujet, la conversation changeait rapidement de direction.

Quand votre enfant ne vous parle ni de femmes ni d'hommes, vous vous posez des questions.
Surtout que Fabien n'invitait personne à la maison. Pas de visites de ses amis, rien. Je me rappelle qu'à l'époque nous avons été surpris, nous lui avons donc expliqué qu'il avait le droit de recevoir ; ce à quoi il a répondu qu'il n'en voyait pas l'intérêt et préférait rencontrer ses amis dehors.

Je ne pense pas qu'il avait honte de nous. Il nous demandait de venir à tous les événements scolaires, nous présentait aux gens qu'il connaissait ainsi qu'aux familles de ses amis quand nous les croisions.

Je vous l'ai dit, c'était un gamin secret. Imaginez donc notre surprise la première fois qu'il a annoncé qu'il allait nous présenter quelqu'un.

On a essayé de ne pas en faire trop de cas mais nous étions ravis. Une jeune femme délicieuse. D'ailleurs, il ne nous en a présenté que des très bien. Malheureusement, pour une raison inconnue, ces relations ne durent pas.

Il est jeune, il a encore le temps pour trouver l'âme sœur. Les seules choses stables qu'il a dans sa vie sont : son colocataire et son travail. Pour le reste, en tout cas concernant sa vie sentimentale, il fait des expériences. Il a raison, c'est comme ça qu'on apprend.

Tout va pour le mieux. Il est en bonne santé, c'est un gentil garçon. C'est juste que j'ai l'impression, c'est cliché de dire cela, j'ai l'impression qu'il nous cache quelque chose.

Il a parfois une telle tristesse dans le regard… Quand on est chez sa grand-mère, qu'on le taquine concernant sa vie privée, son mariage, il sourit mais le cœur n'y est pas.

À 19 ans, il m'a demandé à brûle-pourpoint et avec grand sérieux pourquoi on tenait tant à ce qu'il se marie et ait des enfants.

J'ai été surprise. Je ne pensais pas qu'il prenait nos taquineries pour un moyen de pression. Il a fallu que je lui explique qu'étant le seul enfant d'une famille qui ne comptait que des enfants uniques, il était l'objet de tous les regards, pour ainsi dire notre héritier. Ce n'était pas aussi impressionnant que cela en a l'air.

J'espérais le rassurer, j'ai peur d'avoir fait le contraire.
Depuis, j'ai l'impression d'être indigne de sa confiance. J'ai fait ce que j'ai pu, j'ai été là pour lui. Je ne veux pas qu'il me

dise tout non plus. Seulement, ce secret, quel qu'il soit, le rend malheureux. C'est normal pour une mère de vouloir que son enfant soit heureux, du moins je le crois.

J'ai essayé d'aborder le sujet avec lui. De le mettre en confiance. À chaque fois, je sens qu'il en a envie, il commence, tourne autour du pot, finit par sourire et changer de sujet.

Je ne sais plus quoi faire. Je ne veux pas le brusquer.
Alors je me contente d'attendre. J'espère et j'attends.

Joséphine
49 ans, célibataire, une fille

Oh, pas la peine de me vouvoyer ! On est entre jeunes ! Ce n'est pas l'âge qui compte, c'est la façon de penser.
J'ai eu Amandine quand j'avais 21 ans. Une vraie surprise, mais j'aimais son père, lui aussi m'aimait, en tout cas c'est ce qu'il me disait à l'époque ; donc j'ai gardé le bébé et notre petite princesse est née.

Puis, il est parti, me laissant seule avec elle et on s'est serré les coudes. Ça a toujours été une petite débrouillarde, une fille sérieuse sur laquelle on pouvait compter.

Elle m'a soutenue, essayait de me faire sourire, un vrai rayon de soleil. C'était un peu elle et moi contre le monde entier. Je ne suis pas proche de mes parents, ni même de mon frère ou de ma sœur. Alors, on était toutes les deux. Je lui ai toujours beaucoup parlé : ça aide les enfants à grandir qu'on leur parle beaucoup.

Je lui parlais de son père, de la famille, de ma vie, du travail, de tout. C'était ma petite confidente. Elle était vive, elle l'est toujours. Avec un super sens de l'humour.
On en a eu des fous rires. Plus elle grandissait, plus on se rapprochait, on parlait des garçons, des tenues à s'acheter. C'était ma petite poupée, toujours bien mise, bien coiffée, la plus belle de sa classe.

Quand elle est arrivée au collège, on se faisait des restos de temps en temps, puis je l'ai amenée en boîte quand elle a eu l'âge. Les mecs nous prenaient pour des sœurs, c'est te dire à quel point on était complices.

J'ai eu quelques amants, je ne lui ai rien caché, je voulais qu'elle sache, que ça vienne de moi plutôt que d'autres. Je trouvais ça normal, tu vois. C'est ma fille, je créais une complicité. En ne lui cachant rien, je me disais que ça l'aidait à se confier et j'avais raison.

Elle est partie faire ses études et ça n'a rien changé à nos rapports : on s'appelait souvent ! Et quand elle rentrait au pays, on dormait ensemble pour pouvoir discuter tout notre soûl. Elle était grande certes, mais c'était mon bébé. Quel que soit son âge, un enfant reste toujours un bébé, tu verras quand tu seras maman.

Je suis contente de la relation qu'on a. C'est tout le contraire de ce que j'ai pu connaître. Il y a de la confiance, on n'a pas peur de se parler. On n'est pas simplement une mère et sa fille, on est des copines ; et ceux qui disent qu'il ne faut pas copiner avec leurs enfants n'ont rien compris. Didine a toujours respecté mon autorité, elle m'obéissait, ce qui montre bien que ça ne veut rien dire, leurs histoires.

Si on élève bien ses enfants, qu'on met des règles, on peut en être aussi proches qu'on veut. Faut nous voir quand elle revient ! On va en boîte, à la plage, en excursions. On a fait du saut en parachute, du kitesurf, des trucs délirants ! On est souvent que toutes les deux, ça me convient ! On n'a besoin de personne d'autre ! Déjà qu'elle est loin la plupart du temps, quand elle est là, il faut qu'on profite.

Les mecs, j'ai donné… Je n'ai pas envie de me prendre la tête avec une relation sérieuse. En plus, les hommes ne font que te décevoir. Je l'ai dit à Didine. Je lui ai toujours répété qu'il faut faire attention. Ils font des promesses qu'ils ne sont pas foutus de tenir. Elle sait ce que j'en pense. Ma fille ne se laissera pas avoir. Elle est forte comme moi ! Elle t'a dit ce qu'elle faisait ? Je ne crois pas lui avoir dit, mais si elle n'était pas née c'est exactement le métier que je voulais faire.

Je ne regrette pas sa naissance, je te l'ai dit, c'est la meilleure chose qui me soit arrivée ! C'est une fille bien. Elle me ressemble beaucoup. Le même physique, la même passion, l'indépendance, l'intelligence, je me vois à son âge, la même ! Comme on dit, les chiens ne font pas des chats.

Les gens qui m'ont connue plus jeune me font souvent la remarque. On se ressemble et on en est fières ! Elle fera mieux que moi, tu verras, elle les étonnera ! Elle trouvera un mec bien, elle se mariera, aura des enfants, une carrière. Elle a l'étoffe pour ça, elle a de qui tenir !

J'aime nos discussions, parler de ma vie, de la sienne, avoir des échanges, des vrais, sans tabous ! Je lui parle de sexe, de tout je te dis. Oui, de tout. De leur performance, de la taille, tu vois, tout. Ça a l'air de te surprendre ! Si elle ne peut pas en parler avec moi, elle ne pourra avec personne.

C'est normal d'avoir des discussions libérées. Je suis sa mère, son soutien, celle qui l'écoute, je la connais mieux que personne ! Et puis, ce n'est ni à sa grand-mère, ni à sa tante, encore moins à son père qu'elle pourra parler. Je te l'ai dit, c'est une famille où l'on ne communique pas. Ils sont fermés. Ils partent du principe que chacun sa merde, on gère ses trucs et c'est tout. Pas besoin de parler de ce qui ne va pas, ni même de ce qui va. On dit juste le minimum.

Je pouvais pas vivre comme eux, j'étouffais, moi. Si on ne peut pas parler à ceux qu'on aime, à qui on parle alors ? À un psy ? Non, c'est pas mon truc. À ses amies ? Les amies, ça va, ça vient. Elles sont pas toujours aussi présentes qu'on veut. Elles se trouvent des mecs et plus personne répond.

Je sais que je peux compter sur ma fille. C'est mon roc, mon pilier, mon ancre. Elle me plantera jamais. Je te jure, un enfant ferait jamais ça.

Amandine
28 ans, célibataire, fille de Joséphine

On a toujours été proches avec ma mère, tellement proches que je dors avec elle lorsque je rentre pour les vacances. Rien de bien choquant, sauf que j'ai 28 ans ! Et puis elle me dit tout, vraiment tout. Avant, ça ne me dérangeait pas, c'était normal : on était toutes seules. Papa est parti lorsque j'étais jeune. Depuis ça, on a fait face ensemble.

Ce n'était pas toujours facile de l'entendre me parler de mon père, surtout pour l'écouter se plaindre, lui faire des reproches ; j'avais beau savoir que ce n'était pas un saint, il y a certaines choses qui me dérangeaient, je faisais avec.

Après le bac, je suis partie à l'étranger faire mes études. Malgré le décalage horaire et nos emplois du temps respectifs, on passait de longues heures au téléphone à parler de son travail, de ses collègues, du moral, de la vie, de l'argent, un peu de mes études et de ma vie. On s'appelait presque tous les jours et au moins vingt minutes. En discutant avec mes copines, j'ai réalisé que quelque chose n'allait pas. Je ne savais pas trop quoi. Juste un malaise, un sentiment vague d'inconfort, leur façon de me regarder quand je parlais de mes échanges quotidiens avec ma mère.

J'ai décidé de suivre une thérapie pour y voir plus clair. Je me sentais étouffée, mal à l'aise. Une partie de moi trouvait normal et cool que l'on soit aussi proches. L'autre voulait de l'intimité, trouvait nos discussions trop envahissantes. Cela m'a permis de réaliser beaucoup de choses, la thérapie.

À cause de ça et d'autres soucis que nous avons eus, j'ai pris mes distances. Pas pour longtemps. Ma mère n'a pas beaucoup d'amis. Elle a un frère et une sœur, pourtant quand elle a des problèmes, ce n'est pas eux qu'elle appelle : c'est moi.

Ce qui ne me dérangeait pas jusque-là me perturbe terriblement maintenant... comme parler de ses relations avec ses parents, de son travail. Je crois que le pire, c'est lorsqu'elle me parle de ses amants.

Qui a envie d'entendre que sa mère a des problèmes de vagin trop étroit ou de lubrification ?

Je ne suis pas prude, je sais bien que ma mère a eu et a encore des rapports sexuels, sinon je ne serais pas là. C'est juste déroutant.

Je dois aussi l'aider à prendre des décisions, parler de sa vie, de ce qu'elle aurait dû faire, ou voulu faire. Il y a eu cette histoire de maison, par exemple. Ce n'est pas une fan de conduite. Pourtant, elle m'a appelée un jour tout excitée pour me dire qu'il y avait une maison à vendre, superbe, une véritable affaire, qui se situait à environ une heure de son travail sur une route peu éclairée et assez sinueuse. Je ne comprenais pas pourquoi elle était si emballée. Si tu n'aimes pas conduire, qu'est-ce que tu vas chercher dans une baraque à plus d'une heure de ton boulot ? Ça lui a bien pris une heure avant de comprendre que c'était sûrement une affaire, mais pas pour elle.

Quand ce n'est pas des appels de ce genre, ce sont des coups de fil à propos de sa chef qui la harcèle, de ses collègues qui sont chiants, de ce qu'elle a raté. Des discussions normales, je sais, c'est juste que parfois j'ai l'impression que nos rôles sont inversés. C'est moi qui dois la raisonner, lui expliquer qu'elle exagère, qu'elle devrait réfléchir avant d'agir.
Par exemple, elle sort, s'amuse, flirte, et puis elle m'appelle en pleurant, maudissant les hommes qui sont tous des connards, qui font des promesses qu'ils ne tiennent jamais, etc., etc.
En même temps, on sait toutes que les promesses faites dans des moments de passion sont celles qui sont le plus vite oubliées. Ce qui ne l'empêche pas de se faire régulièrement avoir…

Peut-être parce qu'elle ne se sent exister que lorsqu'un homme la regarde, vu que pour son père seul son garçon comptait. Je ne sais pas trop.

Je pourrais lui dire que ses histoires, je m'en fiche, qu'elle n'a qu'à aller chez un psy parce que j'en ai marre de ses confidences qui ne me font voir que le côté le plus noir des gens que j'aime.

Je pourrais…
Je ne le ferai pas. Elle n'est pas du genre à aller voir un psy, ma mère. Je ne peux pas la laisser seule avec ses problèmes.

Estelle
32 ans, mariée

Je m'appelle Estelle. J'ai 32 ans. Je suis mariée depuis dix-huit mois à un homme adorable que j'aime de tout mon cœur.

J'ai 32 ans et je suis sexless.
Sexless ? J'ai découvert ce terme en regardant un reportage sur la sexualité des Japonais. Il s'agit d'un syndrome causé par des phénomènes psychologiques et/ou physiologiques.
Le résultat : des couples mariés n'ont plus de rapport sexuel depuis minimum un an.

Cette situation ne m'aurait pas dérangée si j'avais été sexless de mon plein gré. Par contre, la subir ne m'enchante guère.

J'ai rencontré Thomas, il y a un peu plus de deux ans. Le coup de foudre. Lorsque nos regards se sont croisés, j'ai oublié où j'étais, avec qui j'étais, ce que je faisais, je ne voyais que ses yeux noisette qui ne se détournaient pas des miens.

Après plusieurs histoires, nous savions tous les deux ce que nous voulions, ce que nous attendions du couple. On envisageait l'avenir de la même façon.

Six mois après notre rencontre, nous avons emménagé ensemble, un mois plus tard, il me demandait en mariage. On a organisé une petite cérémonie intime avec les personnes qui ne trouvaient pas que nous nous précipitions et étaient heureuses pour nous. Un bon repas, de la musique, c'était simple et convivial. Un merveilleux moment.

Et ensuite, la vie commune a commencé.
Techniquement, elle avait déjà commencé. Cela dit, Thomas étant catholique, il voulait que nous attendions le mariage avant d'avoir un rapport sexuel. J'ai trouvé son envie vieux jeu, très vieux jeu, toutefois je l'ai respectée. Nous avons fait chambre à part jusqu'à la nuit de noces.

Ce soir-là, nous étions un peu pompettes, et surtout crevés, donc nous n'avons rien fait. Le lendemain au réveil, le grand moment, celui dont je rêvais depuis longtemps est enfin arrivé. Ça a été doux, tendre, un peu rapide, mais tellement parfait.

Pendant la lune de miel, nous avons eu peu de rapports : nous sortions beaucoup, nous buvions, nous profitions de la vie. En rentrant, nous n'avions pas toujours l'énergie. On se contentait de s'endormir dans les bras l'un de l'autre.

Une fois à la maison, nous avons commencé notre vie maritale. Je sais que les gens mariés ont tendance à se détourner du sexe, toutefois il faut du temps avant que cela n'arrive. Pour nous, ce moment est arrivé beaucoup trop vite.

Thomas s'est mis à rentrer du travail de plus en plus tard. Quand j'essayais de le toucher, il se plaignait de la fatigue, du stress. Les fois où nous avons pu nous rapprocher se comptent sur les doigts de deux mains.

J'ai tout fait pour stimuler son désir. Je portais des dessous aguicheurs, je me déguisais, je lui envoyais des sextos auxquels il ne répondait pas. Imaginez-vous ce qu'on ressent quand l'homme qu'on aime de tout son cœur, qu'on désire de toutes ses forces, vous regarde, vous lance un sourire désolé, vous embrasse sur le front et s'enferme dans la salle de bains pendant une bonne heure ? Non ? Vous ne savez pas ? Alors je souhaite que cela ne vous arrive jamais. Au début, je ne le prévenais pas de ces petites « surprises », mais je pense qu'il devait s'en douter car je lui demandais toujours à quelle heure il pensait rentrer.

Après plusieurs tentatives, j'ai abandonné.
C'est trop difficile à vivre, trop difficile à supporter. J'ai pris sur moi, je me suis éloignée.

Je me contente de dormir dans ses bras, d'apprécier l'odeur de sa peau, le contact de nos corps lovés l'un contre l'autre. Quand j'en ai l'occasion.

Je n'osais pas lui en parler. Jusqu'à ce samedi. Nous avions passé un superbe après-midi. Je suis allée me doucher avant de le rejoindre nue dans la chambre. Quelques gouttelettes d'eau étaient restées sur ma peau qui brillait légèrement. Je me suis assise sur le lit et lui ai demandé de me masser.

Il a rechigné et a fini par s'exécuter. Je me suis allongée. À droite du lit, il y a une penderie avec des miroirs. Comme ma tête était tournée de ce côté, je le voyais, je voyais son visage, je savais qu'il était excité. Pas simplement parce que je le sentais, mais parce que je le connais. Il a commencé à me masser. Voyant qu'il ne tentait rien, j'ai commencé à bouger mes fesses afin d'attirer son regard. Aucune réaction... J'ai insisté. Au bout de quelques secondes, il s'est arrêté, a bredouillé une excuse bidon avant de reculer.
Déçue, vexée, j'ai explosé. Il est resté là, sans rien dire, la tête baissée. Il s'est excusé, a promis que tout allait s'arranger. Si seulement.

Je me souviens de notre premier baiser.

Nous étions devant mon appartement, il me raccompagnait après une excellente soirée. Je lui ai raconté une blague, il riait. Son visage est devenu grave. Très grave.

Il a posé sa main sur ma joue, je savais ce qui allait arriver, je l'espérais, il s'est rapproché lentement. Ses lèvres se sont posées sur les miennes. Ce baiser n'a pas été doux. Il a été fougueux, passionné, terriblement excitant. Mon corps s'est rapproché du sien, cherchant le contact, cherchant la chaleur.

J'ai senti son excitation qui a augmenté la mienne. J'ai noué mes bras autour de sa taille, j'ai laissé sa langue parcourir mes lèvres, sa main s'est glissée dans mes cheveux, du désir, du plaisir. Après un baiser pareil, comment vouliez-vous que je devine ce qui allait arriver ?

Comment quelqu'un capable de vous embrasser de cette façon peut-il ne pas aimer le sexe ?

Je me sens perdue.

J'ai décidé d'aller voir une sexologue. J'espère arriver avec elle à trouver un moyen d'améliorer les choses, de discuter de ce qui nous arrive sans le braquer, de trouver des solutions.

Je ne veux pas le quitter, je l'aime, je l'aime de tout mon cœur, c'est ce qui me rend les choses si difficiles. Je ne veux pas d'amant, je ne veux pas divorcer, je veux faire l'amour avec l'homme que j'aime. Si c'est ce qu'il aime, je suis prête à baiser avec lui, à regarder des films porno, à prendre des cours de *lap dance*, je ferai tout et n'importe quoi tant que je le fais avec lui.

Thomas
33 ans, marié avec Estelle

Je ne croyais pas au coup de foudre avant de rencontrer Estelle.

J'ai tout de suite su que j'allais l'épouser, que nous nous installerions ensemble, que nous aurions des enfants, que nous serions heureux. Ce que je ne savais pas, c'est que je n'oserais pas la toucher.

Le premier mois de notre rencontre, on s'est beaucoup vus. Ensuite, je suis parti pendant trois mois pour une mission à l'étranger. Pendant ce laps de temps, nous avons discuté par e-mail, téléphone, webcam. Quand nous nous sommes revus, c'était une évidence que nous ne voulions plus nous quitter.

Je lui ai donc proposé de vivre avec moi. Le temps de trouver l'appart, d'organiser les choses, deux autres mois s'étaient écoulés.
Nous nous étions embrassés, caressés, je voulais attendre avant de faire l'amour, prendre mon temps. Je pense que j'étais juste stressé. Tellement stressé que parfois, malgré tout les baisers qu'on pouvait échanger, je n'arrivais pas à bander.

Estelle se faisait pressante, entreprenante. La tenir à distance devenait difficile, c'est pour ça que j'ai inventé cette histoire de pas de sexe avant le mariage.

Oui, parce qu'entre-temps nous nous étions fiancés.
Il a fallu planifier la cérémonie, nous organiser, ça plus le boulot, je n'étais pas souvent à la maison et quand j'y étais

j'étais trop crevé ; c'était plus facile de rester abstinent.

Plus le jour J se rapprochait, plus je stressais. Nous allions sauter le pas, nous connaître intimement. Une partie de moi était super excitée, je la désirais depuis si longtemps, l'autre était en panique. Si je n'arrivais pas à bander ? Comment gérer ça ? Que faire ? Prendre des médocs ? Je n'aime pas ce genre de truc. Vous connaissez les effets secondaires ? Je suis pour l'homéo, j'ai donc essayé l'acupuncture.

Ça ne m'a pas empêché de stresser au point de me mettre minable, le soir du mariage. Le lendemain, j'ai été réveillé par la main de ma femme sur mon pénis, qui se dressait fièrement à son toucher. J'étais si heureux ! Déjà parce que j'arrivais à bander et ensuite parce que j'allais enfin pouvoir m'unir avec elle sauf que...

Dix minutes.
Dix minutes et j'avais fini. Elle n'a rien dit, a souri, m'a embrassé, câliné. Adorable, comme à son habitue. Aucune frustration ne se voyait sur son visage, juste le plaisir d'être avec moi.

Elle a réussi à oublier. Pas moi. Je suis quelqu'un d'anxieux, vous voyez, j'anticipe beaucoup, ça m'aide pas mal au boulot, par contre dans ma vie privée c'est un véritable fardeau.
Comme d'habitude, j'ai anticipé : ce qui pouvait passer pour un accident de parcours allait devenir un problème s'il venait à se répéter trop souvent.

Il fallait que je me préserve. En tout cas, le temps de rentrer de voyage et de consulter. J'ai donc tout fait pour l'épuiser. Un peu comme Edward faisait avec Bella dans le dernier tome de *Twilight*. Ne cherchez pas à savoir comment je le sais, je le sais, c'est tout. On sortait, on faisait de la rando, je l'empêchais de faire des siestes, on dansait, on dansait, on buvait, pour finir par nous écrouler sur le lit.

Ça a été compliqué, j'ai réussi à éviter d'avoir des rapports trop nombreux et j'ai eu raison car, mis à part une fois, ils ont toujours été trop courts pour avoir été satisfaisants. Je ne dis pas que je tiens des heures, je ne suis pas un vantard. Normalement je tiens au moins trente bonnes minutes, pas dix ! On sait bien que dix, ce n'est pas suffisant pour une femme.

Je sais, il y a d'autres moyens de leur donner du plaisir, avant ou après, c'est pour ça que je m'appliquais avec les préliminaires, en tout cas au début. J'ai fini par me rendre compte que ça m'excitait trop, et que, du coup, je tenais encore moins.

La situation pourrie. Je ne voyais pas de solution. J'aurais pu lui en parler, faire comme dans cette pub avec les allumettes qui se bécotent sur un lit. Je ne peux pas, je n'ose pas.
Je veux gérer ça seul.

C'est difficile. Surtout qu'elle ne comprend pas, elle essaie de m'exciter, se promène dans des tenues trop sexy, m'envoie des messages qui feraient rougir le plus pervers des pervers. Je suis là, je lis, je me cache, je fais comme si je ne voyais rien alors qu'elle me rend fou. J'ai tout essayé pour me calmer.

L'homéopathie ne marche pas, penser à autre chose ne marche pas. Il suffit que je m'immisce en elle, que je vois le plaisir sur son visage, pour que mes sens s'enflamment.

Je n'aurais jamais cru que désirer ma femme à ce point me causerait tant de problèmes.

Le pire, c'est de savoir que mon attitude la rend malheureuse. Je dois lui parler, je le sais, nous devons trouver une solution ensemble à ce sujet. C'est ce qu'il y a de mieux à faire. Mettre de côté ma fierté, mon orgueil, me montrer vulnérable.

Je le ferai. Avant, j'ai une autre piste, je veux tenter, je veux y arriver par moi-même, ensuite je lui dirai. En espérant qu'elle pourra attendre jusque-là.

Daphney
17 ans, en couple depuis quatre mois

On a tous un ami ou une amie d'enfance. Quelqu'un qu'on a rencontré petit, avec qui on a grandi, partagé nos secrets, nos malheurs, nos joies, quelqu'un vers qui on revient même si la vie nous en éloigne. Un ou une BFF [*Best Friend Forever*, ndla] comme on dit.

La mienne s'appelle Danyella.
Je suis partie en colonie. Pas le truc avec des scouts et tout, non c'était un truc classe, en Espagne, vraiment sympa. J'avais 9 ans. Depuis toute petite, j'adore la mode, les belles robes, les trucs chics, ma mère a bon goût et elle m'a transmis ça.

Quand je suis arrivée à l'aéroport, certaines filles s'étaient déjà regroupées, ça discutait, ça reluquait les garçons en rigolant. Danyella était assise au milieu d'un groupe. Je ne l'ai pas remarquée à cause de ça, mais à cause de sa robe, je portais exactement la même !

On aurait pu devenir ennemies à cette minute.
Danyella m'a vue, elle s'est levée, m'a tourné autour avant de me dire avec un grand sourire : « Salut ! J'adore cette robe ! Elle te va mieux qu'à moi. »

Et voilà, c'est comme ça que tout a commencé.
On a passé toutes les vacances collées l'une à l'autre, on essayait de s'habiller pareil, de se coiffer pareil. Du coup, les gens ont fini par nous appeler « les jumelles », c'était plus rapide.

C'est moi qui allais porter ses lettres d'amour, elle faisait pareil avec les miennes. On s'est rendu compte qu'on habitait toutes les deux dans la même ville. Le truc, c'est qu'on n'était pas dans la même école.

On a soûlé nos parents pour se faire transférer. Au début, ils étaient pas super contents, quand ils ont vu à quel point on était attachées l'une à l'autre, ceux de Dani ont fini par céder. En plus, faut avouer qu'on était trop chou toutes les deux, regarde, on est adorables sur cette photo.

C'était pour le spectacle de fin de séjour.

On s'est inscrites au même cours de danse, on allait faire du shopping ensemble, on était dans la même classe mais pas assises à côté parce qu'on bavardait trop.

C'était le paradis. À force, nos parents ont appris à se connaître. On a même commencé à partir en vacances ensemble. Quand ce n'était pas le cas, je partais avec elle ou l'inverse. Si ce n'était pas possible, on s'envoyait des cartes postales, des e-mails, des SMS.

Quand ma grand-mère est morte, il y a trois ans, Dani est venue me voir alors qu'elle était chez ses cousins en Grèce. Vous voyez à quel point on tient l'une à l'autre.

Lorsque j'ai eu mes règles, c'est à elle que je me suis confiée. C'est presque ma sœur. Enfin c'était.

Laissez-moi continuer... On ne s'est pas fâchées. Les choses ont juste changé.

Tu vois, un nouvel élève est arrivé cette année. Il s'appelle Florian. Toutes les filles craquent sur lui. C'est le beau gosse des terminales. Fallait voir comment les autres ont essayé de se faire remarquer. Avec Dani, on l'a joué distantes, on le calculait pas. Il a tout suivi, il est venu nous parler, on est devenu potes tous les trois. Dani me disait qu'elle était pas amoureuse, je suis plus sûre.

On a fait connaissance, ça s'est fait tranquille. Florian et moi, on est ensemble depuis quelque temps et ça se passe bien. Enfin, d'une certaine façon.
Danyella a été super contente au début. Après c'est devenu tendu. C'est mon premier copain. Du coup, je sais pas trop comment faire. Pendant les cours, on n'a pas forcément le temps de parler. Donc, on se voit entre midi et deux, le soir on traîne ensemble ou il m'appelle.

Quand je racontais nos discussions et nos sorties à Dani, au début, elle avait l'air contente, elle posait des questions et tout. Maintenant elle dit que je me répète, que c'est toujours pareil, qu'on a l'air niais des couples dont on se moquait toutes les deux. C'est normal d'être un peu niaiseux quand on est amoureux. Elle est devenue super méga dure avec lui, avec moi.

C'est simple, dès que je parle de lui, elle s'énerve. Vous voyez, il m'a offert un bracelet, elle l'a vu, elle me fait : « C'est lui qui te l'a offert ? »
Je lui fais : « Oui, il est *cute*, hein. »
Elle me fait : « Si tu veux. Il a l'air un peu *cheap*, quand même. »

Je l'ai pas ramenée sur son cadeau, tu vois, euuh, vous voyez. Elle pose la question, ensuite elle me démonte. Après, c'est pas parce que j'aime la mode, les belles choses et tout que j'aime que les trucs chers ! Florian, il m'a acheté ça alors que c'était pas mon anniversaire, ni rien ! C'est une preuve d'amour !

Je faisais un peu la gueule, je parlais plus, là elle se rapproche et me fait l'air de rien : « Il est où le bracelet de l'amitié que je t'ai offert ? »

J'ai répondu direct : « Il est où celui que je t'ai donné ? »
Ça l'a calmée. En plus, elle essaie de se la jouer subtile alors qu'on la voir venir à des kilomètres !

C'est tout le temps comme ça. Dès que je fais un truc, je me prends une réflexion dans la gueule. Je sors de la classe, j'ai droit à : « Elle va sûrement voir son mec. »
Mon portable sonne : « Encore Florian, il peut pas vivre sans toi. C'est pathétique. »

Et quand elle me la joue pas comme ça, elle fait style, elle parle avec quelqu'un d'autre alors qu'elle sait que j'entends. Hier elle discutait avec Angela, une copine, je l'entendais dire des trucs genre : « Les mecs ils disent *bros before h*** [les potes avant les meufs, ndla], mais les filles c'est pas pareil. Les gens qu'on pensait connaître changent trop quand ils sont en couple. »

Je la comprends pas.
Je pensais qu'elle serait heureuse pour moi au lieu de faire sa jalouse. Dès que je suis pas avec Florian, ou en train de bosser, j'essaie de passer du temps avec elle, de l'appeler. Dans ces moments-là, j'ai l'impression de la retrouver. On se marre, on se moque des autres, on parle fringues. Si mon téléphone sonne ou que je lui dis que je dois raccrocher, elle devient super chiante et mauvaise. Je peux pas passer une journée sans répondre à Florian !
Et ça me fait chier de lui dire : « M'appelle pas, me texte pas, je passe la journée avec Dani », quoi !

Elle veut même plus le voir. Il l'a invitée à son anniv', elle a pas voulu venir. Parfois, il propose des sorties, elle se pointe pas. Ils s'entendaient bien avant qu'on sorte ensemble. C'est juste la merde maintenant.

C'est pas facile à gérer. J'adore Dani. C'est presque ma sœur. J'aime Florian. J'aimerais que tout redevienne comme avant. Comme quand on s'entendait tous bien.

J'ai pas beaucoup de potes. J'ai quelques autres bonnes copines, comme Angela, ou Maryam. J'ai une seule Danyella.
Elle fait la fière mais c'est une fille sensible. Quand ses parents ont divorcé, elle a eu du mal à gérer et parfois elle chiale à cause de ça. Elle a encore du mal à gérer ça. Je veux qu'on reste amies. Je veux pas la perdre. C'est juste pas facile de supporter les piques qu'elle m'envoie. Elle sait taper où ça fait mal...

Ça devrait pas être comme ça. Les amis sont censés être heureux quand t'es heureux. C'est moi qui suis une mauvaise copine ? Je l'ai laissée tomber ? Vous en pensez quoi ?

Danyella
17 ans, célibataire

Bonjour, je m'appelle Danyella avec un y, j'ai 17 ans, je suis en terminale, mes parents sont divorcés et ma meilleure amie s'appelle Daphney.

Vous vouliez que je vous parle de notre rencontre, je crois ?

Ok. C'était il y a huit ans, dans un centre de vacances. Elle s'habillait déjà bien à l'époque, c'est pour ça que je l'ai remarquée. On est tout de suite devenues assez proches, puis les meilleures amies du monde.

Je me souviens qu'en revenant du centre j'ai fait des pieds et des mains pour me faire transférer dans la même école qu'elle. J'étais une gamine pas trop chiante en général, mais capable des pires folies pour obtenir ce qu'elle voulait. Du coup, mes parents ont fait le nécessaire. En plus, l'école de Daphney avait une super réputation.

On ne se quittait plus, à l'école, à la maison, on faisait les mêmes activités extrascolaires, de vraies siamoises. C'était chouette. Je suis fille unique et j'étais contente d'avoir une sœur. D'ailleurs, on nous appelait « les jumelles ».

Après l'école, on a été dans le même collège, puis dans le même lycée. Les gens avaient l'habitude de nous voir traîner ensemble, ce qui les surprenait c'était de nous voir séparées. C'était logique pour des « jumelles ». Ça ne veut pas dire qu'on n'avait pas d'autres copines. Di attire les gens comme des aimants, elle a toujours le sourire, la pêche, elle raconte toujours des blagues. C'est une bosseuse, elle est serviable, on peut toujours compter sur elle.

Enfin, ça, c'était avant Florian.
À la rentrée, un mec est arrivé, il a tout de suite sympathisé avec Di, elle me l'a présenté, ça avait l'air de quelqu'un de sympa. Du coup, on est devenus potes. Le duo est devenu un trio et j'ai découvert que trois, c'est pas un bon nombre pour les groupes.

Ils ont fini par se mettre ensemble. Ça ne m'a pas surprise. Je voyais leurs regards, leurs sourires et tout. Je me sentais un peu perdue. Pas facile de trouver sa place quand vous traînez avec un couple. On a l'impression de les gêner, de les interrompre, qu'ils se retiennent pour pas vous embarrasser. Des choses qu'on faisait ensemble comme se moquer des couples – parce qu'ils ont toujours un air trop débile quand ils discutent, la fille minaude et tout –, ben ça, elle ne voulait plus qu'on le fasse.

J'ai toujours vanné les gens. Tout le monde. J'avais épargné Di ; quand elle s'est mise avec Florian, c'était plus possible. J'ai commencé doucement, vous savez, je la taquinais juste. Ses réactions étaient trop drôles. Du coup, j'ai été de plus en plus fort, c'était devenu une espèce de défi, de voir comment elle allait réagir.

Au début, ça allait. Et puis, elle a commencé à se vexer, à me dire que j'étais méchante, que je pouvais pas parler d'elle ou de Florian comme ça. L'Amour, ça fait perdre le sens de l'humour, on dirait. Moi, je veux changer pour personne. Je me le suis promis. J'ai trop vécu ça avec mes parents. J'étais la fille parfaite, ça les a pas empêchés de se séparer. Du coup, je me suis dit que faire des efforts, ça servait à rien. Je fais ce que j'ai envie de faire, je dis ce que je pense et si les gens n'acceptent pas, je m'en fiche.
Di le sait mieux que personne. Elle était là quand j'ai pris cette décision. Elle devrait comprendre…

Je vois pas ce qui la blesse. Je la taquine, quoi ! Il faut les voir. Dès qu'on dit une petite vacherie sur l'autre, ils se mettent limite en position d'attaque. Faut pas les asticoter. Comment tu veux que je résiste à ça ? Plus ils réagissent, plus ça m'éclate et plus je les cherche.

J'aime bien ça, mais traîner avec eux, c'est lourd ! Vous vous êtes déjà promenée avec un couple ? Ils se tiennent la main, le bras, la taille, vous savez pas où vous mettre. Je déteste ça.

L'anniversaire de Florian ? C'est son ami, pas le mien, il m'a invitée pour lui faire plaisir et pas parce qu'il avait envie de me voir, faut être débile pour pas s'en rendre compte.

J'ai pas envie de passer du temps avec eux, c'est aussi simple que ça. C'est mon droit, non ? Quand elle est avec lui, c'est sa Daphney. C'est plus la copine avec qui je rigolais, celle à qui je me confiais, celle qui me soutenait, me coiffait, ma meilleure amie. C'est sa copine. Je vois pas pourquoi je vais me faire du mal en étant avec cette fille que je connais à peine et que j'aime pas plus que ça, alors que lorsqu'on est toutes les deux je la retrouve.

Le problème, c'est qu'on se retrouve de moins en moins toutes les deux. Je ne sais pas trop pourquoi... Angela dit que c'est à cause de mes vannes sur elle et sur Florian. Di trouverait mon attitude « blessante ».

Je ne sais pas trop quoi faire. Je devrais arrêter de l'embêter. C'est, c'est... plus fort que moi. Il suffit que son téléphone sonne, que l'autre apparaisse, que Di regarde dans le vide en souriant, pour que ça m'énerve, ça m'horripile ! Je l'emmerde pas quand ils sont ensemble ! Il pourrait respecter le temps que je passe avec elle ! Ils peuvent pas rester sans se parler une petite nuit ? Je demande pas grand-chose, non ? C'est pas la mer à boire !

Faut que je change, que je me calme, je prends les choses trop à cœur. Je devrais être moins exclusive, faut savoir partager à ce que dit Angela. Je la vois s'éloigner de moi sans rien pouvoir faire. J'ai l'impression que mon amie disparaît... Si je continue à la vanner, elle va finir par plus me parler. Mais si je ne fais rien, c'est sa personnalité qui va s'en aller, je crois. Je ne veux pas la perdre.

Je lui en ai déjà parlé. Elle me dit que je délire. Qu'elle est toujours la même. Elle ne se rend pas compte, elle ne se voit pas. Moi, je suis là, je... je subis tout ça... Je, je suis, je ne sais pas. Je ne sais vraiment pas quoi faire pour que tout redevienne comme avant.

Nathan
21 ans, benjamin d'une famille de trois enfants

Je repense souvent à quand j'étais plus jeune. On allait tout le temps chez mes grands-parents. Ma mamie du côté de Papa était gentille, elle aimait faire des gâteaux. Plus je grandissais, plus elle avait du mal avec moi ; toujours à gueuler que j'étais insupportable, que je courais partout, que je ferais mieux de m'asseoir et de prendre un livre, de rester sage comme mes imbéciles de frères.
Il était loin le temps des gâteaux.

J'avais pas envie de ça, je voulais courir, explorer le jardin parce qu'on n'en avait pas chez nous.

Celle du côté de Maman se la jouait dure, genre « Tu vas voir, je vais te mater », « tu t'assois », « tu fais ci », « tu fais ça », « tu bronches pas », « j'ai élevé tes oncles et tantes, tu ne me résisteras pas »... Du coup, j'allais pas chez elle.

Ma mère était gentille. Elle me punissait mais oubliait vite qu'elle l'avait fait. J'étais son chouchou, je crois.
Sûrement parce que mon père était toujours sur mon dos. Il voulait que je sois un sportif, comme mes frangins, sauf que j'aimais pas le sport, je préférais la musique. Il m'engueulait souvent, refusait de m'amener à mes cours de guitare, Maman prenait ma défense et l'empêchait de me punir pour mes conneries.

J'avoue, j'ai vite compris l'astuce : je faisais chier mes frères ou je cassais un truc, tout de suite je courais voir ma mère en pleurant, et elle s'interposait entre eux et moi en leur disant d'arrêter de m'embêter.

La technique imparable tant qu'elle était dans le coin. Sinon, on en venait aux mains, mon père nous séparait et je m'en prenais une pour avoir foutu le bordel.
On a grandi comme ça, mes frères sont partis à la fac. Je faisais le fou en classe, sauf en musique et si la prof était sympa. En général, j'étais pas mauvais élève quand je m'en donnais la peine, ce qui arrivait pas souvent.

On allait chez la mère de mon père. C'était toujours pareil, elle ne m'soûlait plus parce que je courais partout, mais parce que je préférais les consoles aux livres ou au journal. Pour elle, j'allais rien faire de ma vie, rater mes études et tout.

J'ai eu mon bac, tant bien que mal, je suis entré en BTS en alternance tout en continuant à faire de la musique. J'espérais vraiment arriver à percer mais fallait bien que je fasse quelque chose, sinon mon père m'aurait pas lâché. La formation me plaisait bien, je leur disais pas simplement pour les emmerder.

Malgré mes notes plutôt bonnes, ma grand-mère ne changeait pas de discours.
« Tu ne bosses pas assez, tu ne te cultives toujours pas, pourquoi attends-tu la dernière minute pour réviser ? », etc.

Mon père, lui, s'énervait parce que je sortais trop, que je rentrais tard ; m'entendre composer le gavait. J'étais comme tous les ados de mon âge : plus il gueulait, plus je faisais le contraire de ce qu'il voulait.
J'ai trop assuré à l'agence, on m'a proposé un taf. Résultat : à 21 ans, je bosse, je gagne bien ma vie. J'ai pris un appart en

demandant à ma mère de se porter garante. C'est la seule à toujours avoir cru en moi et à être fière de ma réussite.

Je ne vois plus trop ma famille, je les appelle le moins possible, genre pour les annivs, ou les fêtes ; j'ai rien à leur dire.

Quand j'ai commencé à taffer, j'ai invité tout le monde au resto, je voulais les remercier, et puis p'têt' un peu prouver que j'avais réussi.

Ma grand-mère a trouvé que c'était du gaspillage et mon père que la bouffe était merdique.

Ils verront jamais que je suis un mec bien, que je me suis assagi, que je mène une vie correcte, je serai toujours le p'tit chieur.

Alors plutôt que de supporter leurs jugements à deux balles, je reste avec ma copine, avec mes potes, avec ceux qui savent m'apprécier...

C'est pas que je les aime pas.
J'ai trop essayé de me rapprocher d'eux.
Au collège, j'me rappelle, j'ai eu une super note à une dictée, j'ai appelé la vieille, elle m'a juste sorti : « Pour une fois. »
Pas de félicitations, ni de « je suis fière de toi ». Que dalle !
Quant au daron, même pas la peine ! C'était pas du sport, donc il s'en foutait grave.

Tu sais, tu fais ça une fois, deux fois, t'espères toujours que ça va changer. Après, tu acceptes la vérité et tu passes à autre chose. Ça sert à quoi de se blesser éternellement ? J'ai essayé d'en parler, tu vois, de leur dire que j'avais changé, que je comprenais pas qu'ils me critiquent tout le temps, on m'a sorti que j'étais susceptible, qu'il fallait accepter la critique, que c'était pour mon bien et même que c'était grâce à leur façon de me parler que je m'étais amélioré mais qu'il y avait encore du boulot. Là j'ai pété un câble… Parce qu'ils sont parfaits ? C'est vraiment se moquer du peuple ! Ça m'a gavé.

Du coup, je les aime… de loin. Tant pis si je passe pour un fils indigne, un petit-fils ingrat. Tout ce qui compte, c'est que je souffre pas.

Roger
54 ans, père de Nathan

Tout d'abord, je tiens à vous dire que je ne vois pas l'intérêt de votre machin, là.
C'est quoi ? Comprendre les relations entre les gens ? Et vous voulez que je vous parle de mon fils Nathan, c'est ça ? C'est tout lui, ça, aller pleurnicher sur sa vie privée auprès d'une inconnue. Je sais bien que je suis pas obligé ! Ma femme a insisté, elle me demande jamais rien, alors j'ai accepté tout en sachant que c'était une mauvaise idée.

Les histoires de famille se règlent en famille. Les gens ont pas besoin de savoir ce qui se passe dans votre foyer. Ils ne peuvent pas comprendre, chaque personne est différente, on a notre façon d'éduquer, c'est pas à vous de décider si on se débrouille bien ou pas.

Ouais, ouais, vous dites toujours ça, on est pas là pour vous juger. Vous êtes là pour quoi, alors ? Vous avez pas de famille ? C'est quoi ce besoin d'interroger des inconnus ? Ça vous fait quoi ?

Pour comprendre ? Comprendre le monde ? Les gens ? Les relations ? Ma pauvre petite dame, c'est perdu d'avance. Je vous l'ai dit, tout le monde est différent. Personne fait pareil. On se surprend toujours. Des fois, on fait des trucs dont on ne se serait pas cru capable. Et c'est pareil avec les enfants.

On pense savoir comment on va les éduquer. On parle avec sa femme, on décide des choses et le gamin est là, et on sait plus. Prenez mon cas. Avant Nathan, j'avais déjà eu deux gars. Costauds, intelligents, doués en sport. On parlait basket, rugby, on allait courir, faire du sport, parce que les garçons ont besoin de ça. De s'épuiser. Ils ont plein d'énergie.

Et puis Nathan arrive. Un autre petit gars. Je suis pas surpris, on en a élevé deux, on peut s'occuper d'un troisième. Mais ce petit-là est différent. Il aime courir, bouger mais il a plus d'énergie que les autres, j'arrive pas à suivre, à le canaliser. Il fatigue tout le monde, n'écoute personne. Rien ne lui fait peur. Il teste tout le temps. Et je me dis : « Ce petit, si je le cadre pas bien vite, il va épuiser tout le monde, sa mère compris. »
Alors je suis plus sévère qu'avec les deux autres, je suis tout le temps derrière lui. Sa mère comprend pas, elle me trouve trop dur. Mais c'est pas elle qui entend les gens se plaindre quand je vais le récupérer. C'est pas elle qui entend sa famille dire que son gamin est insupportable. Quand un enfant bouge et fait des conneries, on se dit toujours que les parents déconnent, qu'ils savent pas le tenir.

J'ai tenu mes deux aînés, j'allais pas m'en laisser compter par un troisième !

Je le lâchais pas. Avec le temps, il a arrêté de courir partout. Je me suis dit que c'était bon, c'était posé. J'ai voulu l'inscrire au sport, comme ses frères, et ne voilà-t-il pas qu'il me parle de faire de la musique ? J'ai pas compris. On est sportifs chez nous ! Pas musiciens ! Et le gamin veut pas en démordre. Sa mère le soutient comme d'habitude, donc je me retrouve à plier. Je vous jure, j'ai vu la satisfaction dans son regard la première fois que je l'ai déposé à son cours. Comme s'il avait gagné.

Je pensais pas qu'il allait tenir, je pensais que lorsqu'il verrait que je m'en foutais qu'il prenne des cours de musique, il trouverait autre chose pour me faire chier comme le chant ou la danse. Il en a joué longtemps de sa guitare. Je crois même qu'il en joue encore, je ne sais pas trop. En grandissant, c'est devenu plus qu'un passe-temps, il voulait devenir musicien professionnel.

Sa pauvre mère s'arrachait les cheveux, alors c'était à moi de m'y coller, de lui dire d'arrêter de rêver. Elle, elle était trop faible. Elle continuait de l'encourager alors qu'elle en dormait pas de la nuit. Elle me rendait fou : un soir fallait que je parle au gamin pour qu'il arrête ses conneries, le lendemain j'avais droit aux : « Laisse-le s'amuser, c'est de son âge, il est jeune, ça lui passera. »
Qu'est-ce que j'ai pu l'entendre, celle-là ! Je ne pouvais pas laisser couler. Ni sur ça ni sur rien. On a eu trois fils, je voulais les élever pareil ! Pas de favoritisme sous mon toit ! Alors, quand il faisait une connerie, il était puni, il devait se plier aux mêmes règles que ses frères. Ça coulait sur lui, il avait l'air de s'en

moquer. Le priver de télé, de guitare, de sport, de sorties, il s'en fichait.

Une année, je crois qu'il était en première, j'étais sur son dos tout le temps, pire qu'une puce sur le dos d'un chien. Je le lâchais pas. Ça a fini par porter ses fruits, il a arrêté de parler de musique et il s'est concentré sur son bac. Et il l'a eu, à la surprise générale. On l'a orienté vers un BTS. Il a eu son diplôme, son boulot ; ça marche pour lui. Maintenant il a son appartement, sa voiture, il est indépendant. Tout ça grâce à moi. J'ai pas abandonné. Je suis resté là, à l'encadrer, à lui donner des limites ; s'il avait été tout seul avec sa mère, j'ose pas imaginer ce que ça aurait donné. Il l'aurait épuisée, j'en suis sûr !

Donc voilà, Nathan est un homme. Il est pas encore accompli, il a encore beaucoup de chemin à parcourir. Je me rappelle, il a voulu nous inviter au resto quand il a signé son CDI, histoire de fêter ça. Il a trouvé un restaurant minable, la bouffe était dégueulasse. Je pouvais pas le remercier pour ça. Sa mère m'en a voulu. Elle a dit que notre garçon essayait de faire un truc bien et que j'avais tout gâché. Il essayait de m'en mettre plein la vue avec sa réussite, oui ! Quand tu veux faire ça, tu m'emmènes dans un quatre-étoiles, pas dans une gargote à la con.

Nos rapports ? Ils ont pas changé. On parle pas beaucoup, lui et moi. On se comprend pas. Avec ses frères, c'est pas pareil, on parle sport, mécanique, bricolage, on partage nos passions. Nathan, j'ai jamais su quoi penser de lui. Je sais pas. Je le regarde et je vois rien. C'est mon fils, pourtant c'est un inconnu.

Tout ce que je peux dire sur ce gamin, c'est que, sans moi, il serait pas la moitié de l'homme qu'il est devenu. J'espère qu'il s'en rend compte.

Lucas
4 ans, enfant unique

Ma maman, c'est la plus jolie des mamans.

Elle me fait du bon chocolat le matin. Avec des tartines. Quand je suis sage, elle me donne un bonbon.

Ma maman. Ben, elle me fait des câlins.

J'aime quand elle brosse mes cheveux en me chantant des chansons. Je connais les paroles.
Tu veux que je te la chante ?

Joli, mon joli
Joli petit garçon
Joli, mon joli
Si tu n'es pas sage, Maman te fera…
Plein de guilis.

Et, à la fin, elle fait plein de guilis. J'aime bien les guilis.

Maman, elle est gentille.
Avant le dodo, elle me raconte des histoires de pirates. Elle fait des drôles de voix. C'est rigolo.

Quand je me fais des bobos, elle fait des bisous magiques. Elle chante beaucoup, Maman. J'aime sa voix. Je l'aime gros comme ça. Ça fait beaucoup, hein !

Une fois, Maman est rentrée avec un monsieur. Je le connais

pas. Elle m'a dit de l'appeler « papa ». J'ai pas envie moi. J'ai déjà un papa. Quand il vient, il amène du jus qui pique, de la limonade qu'il appelle ça. Et des cadeaux. Maman dit qu'il ne peut pas rester. Je sais pas pourquoi.
Il m'emmène en promenade au parc et il m'achète des bonbons. On le dit pas à Maman. C'est notre secret.

Papa, il venait souvent. Puis le monsieur est arrivé. Il vient plus. Le monsieur veut que je l'appelle « papa ». Il me pince quand j'oublie.

Avant, quand j'avais peur la nuit, je dormais avec Maman. Le monsieur dit que je suis trop grand. Il veut pas. Si je viens, il m'envoie dans ma chambre, ou il me tape.

Il dit que Maman m'a trop « gâté ».
Tu sais ce que ça veut dire ?

Je comprends pas bien… C'est mal que Maman s'occupe de moi ?

Le monsieur, il aime pas ça… Maman me raconte plus d'histoires le soir.
Elle me met dans le lit. Me fait un bisou. Elle part vite.

Le matin, elle me fait plus mon petit déjeuner. Le monsieur aime pas ça. La première fois que j'ai fait mon lait, j'ai tout fait tomber. Maman a commencé à nettoyer. Il lui a dit que je devais le faire. J'y arrivais pas. Y avait beaucoup de lait, tu vois. J'ai dit à Maman de m'aider. Il a dit non. Il a crié fort. Fort. J'aime pas quand il crie après Maman. J'ai tout bien nettoyé. Il m'a pris par le bras. Il m'a fait mal ! Il m'a mis dans ma chambre et m'a dit de pas sortir. Il dit que je suis pas sage. Que je pleure tout le temps. Que je l'ézaspère.

Des fois, il veut pas que je mange. Il dit que les enfants pas sages, ça mange pas.
Maman me donne du pain. Elle dit que je dois être sage. Que le monsieur, il s'occupe de moi même si c'est pas mon papa. Que je dois pas le fâcher.
Que si je le fâche, elle aura de la peine. Je veux pas lui faire de la peine.

J'essaie fort d'être sage, tu sais.
J'appelle le monsieur « papa ». Il crie quand je le fais pas.
Quand j'ai peur la nuit, je reste dans mon lit. Je serre Nounours, je lui dit : « Aie pas peur, je suis là. »
Il a peur quand même.
Je chante pour lui et il fait dodo.

Des fois, ça marche pas. Il pleure. Il pleure fort ! Le monsieur papa se lève et nous gronde.
Et Maman nous regarde avec des yeux tristes.

J'aime pas quand Maman est triste.
Quand le monsieur papa est là, je reste dans ma chambre. Je joue doucement avec Nounours. Je le gronde quand il fait du bruit.
On doit être sage pour Maman.

Mon bobo ?
C'est le monsieur papa.
Il m'a tapé.
J'ai pas été sage.
Les enfants pas sages doivent être punis.

J'essaie fort d'être sage, tu sais.
C'est pas facile.

J'aimais mieux avant, quand j'étais seul avec Maman.
Je veux qu'elle chante en faisant mon lait.
Je veux voir mon papa.

Tu as entendu ? C'est monsieur papa qui arrive. Je dois partir !
Il va encore me gronder, il aime pas quand je parle avec les voisins.
Si je suis puni quand Maman rentre, elle sera triste.
Je veux pas la voir pleurer.
Ça me fait mal là. Dedans.

Brigitte
35 ans, mère de Lucas

J'ai toujours eu des relations compliquées avec les hommes. Soit ils étaient en couple, soit ils étaient cons, voire les deux. Quand j'ai rencontré Romuald, j'ai pensé avoir trouvé l'exception. Il était beau, gentil, doux, attentionné, une perle. On s'est installés, on a eu Lucas. J'avais 31 ans.

Je pensais que c'était bon, ma quête était terminée. Au début, tout allait pour le mieux. Il a été très heureux d'apprendre que j'étais enceinte. Quand le petit est né, tout allait bien. Il s'en occupait, comprenait que j'étais fatiguée. C'est après que ça s'est gâté.

Il a eu une promotion, le travail lui prenait tout son temps. Quand il rentrait, c'était pour dormir. Il s'occupait toujours du petit mais il avait moins de patience avec moi. J'étais en congé maternité, à la maison toute la journée. Le soir, j'avais envie de parler avec un adulte, d'échanger, de sortir. Lui, tout ce qu'il voulait c'était dormir.

Quand Romuald était en forme, il désirait passer le plus de temps possible avec son fils. Je comprenais, ce qui n'empêchait pas que ça m'agace. Je devenais amère, les disputes ont commencé, pour des broutilles. Puis vous savez comment c'est.

Un soir, on a un mot plus haut que l'autre. On lui reproche de ne plus nous regarder, de nous oublier, on s'énerve, on dit des choses qu'on regrette, et puis... et puis j'ai merdé.

Lucas avait un an et demi, les choses allaient mieux entre nous, il était toujours aussi occupé mais il s'était arrangé pour passer plus de temps à la maison, me laissait des soirées de libres, pendant qu'il s'occupait de notre fils.
Je suis allée au karaoké avec les copines un soir, je ne sais pas ce qui s'est passé. Un mec mignon me bouffait du regard. Ça faisait longtemps que Romuald ne m'avait pas regardée comme ça. On faisait encore l'amour, mais c'était gentil. C'était plus les parties de jambes en l'air qui me laissaient essoufflée et le sourire aux lèvres.
Il fallait qu'on attende que le petit dorme, qu'on fasse ça dans la chambre. Plus de passion, de spontanéité, de brutalité, vous comprenez ?

Je ne parle pas de choses SM, je parle de se sentir... possédée ! Quand le mec arrive, qu'il vous montre qu'il a envie et que, ce soir, ça va être comme ça et pas autrement.

Le mec, ce soir-là, il me regardait comme ça. J'ai craqué. J'ai trompé Romuald.

Je voulais que ça reste l'histoire d'une nuit, un secret.
Le truc, c'est que, lui, il ne voulait pas la même chose que moi.
Il a réussi par je ne sais quel moyen à récupérer mon numéro, il m'a appelée, j'ai cédé. C'est devenu régulier, Romuald l'a su. Dispute, rupture, etc.

Il est toujours resté présent pour Lucas, il le prend les week-ends, et une partie des vacances.
J'avais du mal avec les mecs avant, après je vous en parle même pas.
Une mère célibataire, c'est pas attirant. Ils sont prêts à s'occuper de leurs enfants, au pire de ceux que tu pourrais avoir avec eux, ceux d'un étranger, ça ne leur dit rien. Quand ils le regardent, il voit ton ex, un homme qui t'a touchée, qui t'a peut-être fait vibrer plus qu'eux n'y arrivent.

À l'époque, j'avais trente ans passés, ça ne fait pas vieille, je sais. Mais quand même, traîner dans les bars pour rencontrer des mecs, ça a duré le temps d'une ou deux soirées, ensuite je me suis inscrite sur un site de rencontres.

Joël et moi, ça a matché.
Ça ne fait pas longtemps qu'on est ensemble, je suis confiante.
Il est adorable, je me sens bien avec lui.

Il est strict avec Lucas, je sais. Entre son père et moi, le petit a été trop gâté. Je dois laisser Joël imposer son autorité. Il n'a pas l'air mais c'est un petit impertinent, le Lucas ! Il refusait de l'appeler « papa » au début, lui donnait du « monsieur ».

Ça n'a pas duré longtemps, va. Après quelques tapes, il a vite retenu la leçon.

Ça ne me dérange pas qu'il le tape ou le punisse... Je vous l'ai dit, il doit imposer son autorité.

Pas que j'aime l'entendre pleurer, c'est ma chair, mon sang, mon bébé. Quand il sanglote, ça me fait mal au cœur.
Le Joël, c'est un homme autoritaire qui n'aime pas être contredit... Si je m'oppose, le petit en prend encore plus pour son grade, alors mieux vaut que je me taise.

En plus, ses conseils sont efficaces.
Quand on s'est rencontrés, il suffisait qu'Lucas chouine un peu dans son sommeil pour que j'aille le voir, Joël me l'a fait remarquer. J'ai donc arrêté.

Depuis, Lulu ne pleure plus et reste dans son lit la nuit.

Je vous le dis, grâce à Joël, il ressemble à un grand garçon, et plus à un bébé. Ça me fait toujours bizarre de le voir préparer son lait. L'impression que mon petit grandit...

Joël le responsabilise. Il est sévère mais c'est pour le mieux. Joël, c'est un mec bien. Il m'a acceptée telle que j'étais, il s'occupe de mon fils. Il est arrivé dans ma vie à un moment où la solitude me pesait. Joël n'est pas un mauvais bougre. Il est autoritaire, il a la main leste, c'est vrai. Mais il n'a jamais battu Lucas et il ne le laisse pas mourir de faim. Il lui arrive de le priver de dîner ou de l'envoyer dans sa chambre, ça ne dure pas des jours ! Il est déjà gentil de s'occuper de l'éducation d'un enfant qui n'est pas le sien.

Romuald ? Il n'a pas son mot à dire. Joël vit avec nous, Joël est celui qui passe le plus de temps avec Lucas, s'il a deux figures paternelles qui se contredisent, on ne va jamais s'y retrouver.

Pour l'instant, il ne voit plus trop son père. Quand Joël l'aura décidé, ils recommenceront à passer des journées ensemble.

C'est pas tout ça, le temps passe, le dîner est pas prêt et… Lucas ! Lucas, viens ici ! Non, mais regarde-toi encore ! Tu es dégueulasse ! Si ton père te voit comme ça, tu vas encore t'en prendre une ! Non mais à croire que tu aimes ça ! Tu peux pas être sage un peu ? Pour moi ? Tu veux me faire de la peine ? Non ? C'est bien. Viens là… Pleure pas.

Thibaut
20 ans, en couple

Je suis pas doué pour parler de mes sentiments... Quand ma douce m'a parlé de votre proposition, j'étais pas emballé.

J'aime pas parler de moi, de ce que je ressens, enfin à part à ma douce. Avec elle, c'est simple, c'est tranquille, les mots viennent tout seuls. Vous, je vous connais pas, je sais pas trop ce que vous allez faire de tout ça... Mettre tout dans un livre ?

Les gens que vous avez vus avant moi, ils le savent ? Et ils ont été sincères ? Ah, vous avez changé les noms et un peu des histoires... Je vois.

Changez rien. Notre histoire est belle. J'ai honte de rien.

[...]

© Edistart, 2018
ISBN 978-2-900860-02-1

Achevé d'imprimer en Allemagne en mai 2018
par Books on Demand (Norderstedt)

Dépôt légal : mai 2018